Sarah Pires Barreirinhas

AS INFINITAS VIDAS DE DYLAN REYNOLDS

Copyright © 2020 de Sarah Pires Barreirinhas
Todos os direitos desta edição reservados à Editora Labrador.

Coordenação editorial
Pamela Oliveira

Preparação
Andressa Bezerra Corrêa

Projeto gráfico, diagramação e capa
Felipe Rosa

Revisão
Daniela Georgeto

Assistência editorial
Gabriela Castro

Imagem de capa
Freepik.com

Dados Internacionais de Catalogação na Publicação (CIP)
Angélica Ilacqua – CRB-8/7057

Barreirinhas, Sarah Pires
 As infinitas vidas de Dylan Reynolds / Sarah Pires Barreirinhas. – São Paulo : Labrador, 2020.
 208 p.

ISBN 978-65-5625-022-9

1. Ficção brasileira I. Título

20-2026   CDD B869.3

Índice para catálogo sistemático:
1. Ficção brasileira

Editora Labrador
Diretor editorial: Daniel Pinsky
Rua Dr. José Elias, 520 – Alto da Lapa
05083-030 – São Paulo – SP
+55 (11) 3641-7446
contato@editoralabrador.com.br
www.editoralabrador.com.br
facebook.com/editoralabrador
instagram.com/editoralabrador

A reprodução de qualquer parte desta obra é ilegal e configura uma apropriação indevida dos direitos intelectuais e patrimoniais da autora.

A editora não é responsável pelo conteúdo deste livro.
A autora conhece os fatos narrados, pelos quais é responsável, assim como se responsabiliza pelos juízos emitidos.

Esta é uma obra de ficção. Qualquer semelhança com nomes, pessoas, fatos ou situações da vida real será mera coincidência.

Para os mais bonitos céus estrelados.

CAPÍTULO 1

LÊ. LEU. LIA.

— Como você está se sentindo, Ryan?

Olhei para a doutora, que tinha um caderno de anotações e uma caneta azul apoiados em suas pernas cruzadas.

Seus olhos verdes pareciam penetrar a minha pele, como se analisassem qualquer movimento que eu fizesse para tentar detectar alguma doença com um nome complicado demais para alguém pronunciar. Por um segundo refleti se minha perna esquerda balançando significaria alguma coisa e, antes que a palavra "ansiedade" se formasse nos lábios pintados de vermelho escuro da doutora, parei.

A chuva batia forte na janela do consultório, quebrando qualquer possibilidade de silêncio. Lembrei-me dos tênis que estavam encharcados e gelando meus pés, já que havia caminhado da escola até o consultório na chuva.

Como eu estava me sentindo? Depende muito do dia. Há dias em que eu não sinto nada, há dias em que eu sinto muito — e entre os dois eu não consigo dizer qual é o pior.

Nos dias em que eu sinto muito, meu corpo parece não ter espaço suficiente para meus órgãos e uma sensação estranha de que vou de alguma forma explodir me faz ficar inquieto. Tudo parece incomodar: o piso de madeira rangendo enquanto meus pais caminham pela casa, o secador da minha irmã ligado por exatos vinte minutos, o barulho agudo da caneta na lousa branca ou até mesmo o ponteiro do relógio contando os segundos que parecem horas. Tudo me faz ficar irritado e, no final das contas, raiva nunca me caiu bem, então eu a transformo em tristeza e insônia às três da manhã.

Nos dias em que não sinto nada, parece que tiraram todos os meus órgãos, e o vazio é tão imenso que questiono se realmente ainda estou vivo. Tudo passa tão devagar que é como se eu pudesse me ver e todas as coisas à minha volta em câmera lenta. É como um filme que eu não quero assistir, mas não consigo desligar a televisão.

— Ryan?

Desviei a atenção dos meus tênis molhados e olhei novamente para a doutora, que esperava minha resposta.

— Bem.

— Quer me contar como foi sua semana?

Não, eu não quero contar para ela como foi minha semana.

— Foi normal.

— O que você quer dizer com "normal"?

Bufei.

— O que você quer ouvir? Que meu amigo se matou e que tudo parece mais pesado? O ar parece pesar nos meus ombros e no final do dia eu só quero ir para o quarto, porque lá ninguém me fará uma pergunta dessas! É claro que eu não estou bem! Ele era meu melhor amigo! Que pergunta! Você estaria?

Engoli em seco.

Alguns dizem que Dylan morreu naquela tarde. Eu discordo. Dylan havia morrido muito tempo atrás. Muitas vezes a morte não se resume ao momento em que o coração para de bater, mas sim a quando não se tem mais nenhum motivo para continuar.

Eu estava cansado das pessoas. Estava cansado de me perguntarem toda hora se estava bem. Estava cansado de agirem como se Dylan não tivesse se matado. Estava cansado delas.

Olhei para a doutora e a peguei olhando de relance para a minha perna balançando. Ansiedade, ela diria.

— Fico muito feliz por você compartilhar seus sentimentos comigo. Esse é o nosso terceiro mês de consulta, mas é a primeira vez que você se abre. Estou orgulhosa! — ela disse, parecendo não se ofender com o meu tom de voz ou minhas palavras. Talvez ela estivesse acostumada com garotos problemáticos como eu.

Desviei o olhar para as rosas no vaso em cima da mesa, ao lado da caixa de lenços. Suas pétalas começaram a escurecer e algumas delas estavam caídas ao redor, como se não fossem molhadas há um bom tempo.

A mãe de Dylan plantava rosas em seu jardim, somente rosas. Em frente à casa gigante, era como um mar vermelho prestes a engolir você.

Eu tentei visitar a mãe dele depois que tudo aconteceu, mas simplesmente não consegui. Passei algumas vezes em frente — as rosas agora estavam morrendo, assim como as da mesa da doutora —, mas eu acelerava, como se fosse uma casa qualquer, não a que frequentei a minha vida inteira.

Eu simplesmente não poderia entrar e não ver Dylan em seu quarto com algum dos milhares de livros que ele lê. Leu. Lia.

Lembro-me da última vez que o vi. Tínhamos que fazer um trabalho de química, mas Dylan havia se esquecido. Mesmo assim, quando o lembrei disso pela manhã, antes do almoço, ele assentiu e disse que estava tudo combinado. Fui à casa dele por volta das cinco. Como toquei a campainha diversas vezes e ele não atendeu, pensei que havia se esquecido de novo. Talvez tivesse. Acho que Dylan jamais iria querer que eu o visse daquele jeito. Eu entenderia se esse fosse o caso, esse tipo de tristeza nos faz perder a noção do tempo. Mesmo assim, peguei a chave que costumava ficar debaixo do tapete da porta e entrei. Quando cheguei em seu quarto, não o vi, então comecei a chamar seu nome, mas ele não respondeu. Eu o encontrei no banheiro, dentro da banheira. Era como se o mar de rosas da frente de sua casa por fim o tivesse engolido. Não me lembro muito bem do que aconteceu em seguida. Recordo-me de poucas coisas, como a mãe de Dylan segurando o filho na banheira, com todas aquelas rosas ao redor, como se fosse a primeira vez que o segurava. De sentar em sua cama e ver aquela cena como se o meu mundo estivesse em câmera lenta. Das sirenes. Tentei dizer alguma coisa para a mãe dele enquanto eu estava com ela na sala de espera do hospital, enquanto ele era atendido, mas nada saía. Quando você ama muito alguém, essa pessoa vira o seu tudo; quando seu tudo vai embora, o que sobra? A senhora Reynolds havia perdido o seu tudo e talvez não houvesse nada que eu ou qualquer outra pessoa pudesse dizer para melhorar um pouco aquela dor insuportável que ela carregava no peito.

Ela não precisava dizer nada: eu sabia o que ela estava pensando e eu pensava o mesmo. Talvez se nós tivéssemos feito alguma coisa, dito alguma coisa… Se nós tivéssemos amado um pouco mais intensamente, talvez Dylan ainda estivesse conosco. Mas a vida é composta por muitos "talvez" e isso é algo que eu nunca irei saber.

Uma das poucas coisas que sei é que nenhuma dor se compara à dor de uma mãe que perdeu o filho. Eu não precisava senti-la, eu conseguia vê-la em cada lágrima que escorria pelo rosto da senhora Reynolds.

— Você devia regar essas flores — eu disse, apontando na direção delas.

A doutora olhou para as rosas e sorriu:

— Você tem razão. Gosta de rosas?

A imagem de Dylan na banheira veio à minha mente. Dei de ombros.

— Como vão as coisas em casa?

— Valentina entrou na faculdade de veterinária — respondi, dando de ombros de novo, não vendo por que não dizer aquilo.

Valentina é minha irmã, minha versão mais velha, mais feminina e mais bonita. Ela sempre amou os animais e os casos perdidos, por isso escolheu ser veterinária e me amar.

Valentina foi a primeira pessoa a quem contei sobre a minha identidade — mas não acho que era algo que eu precisasse contar para ela saber. Para os meus pais foi uma surpresa, mas minha irmã sempre soube até mesmo antes de mim. Com exceção dela, foi um choque para todos. Aliás, acho uma grande piada as pessoas generalizarem tudo. Não existe essa coisa de "muito hétero" ou "muito gay". Só porque um garoto gosta de boneca, não significa que ele seja gay; e só porque gosta de videogames, também não significa que não seja. Minha identidade não tem nada a ver com o fato de eu gostar mais de rosa ou de azul — na verdade, essa analogia é muito idiota, você é muito primitivo se pensa desse jeito.

— Valentina é sua irmã.

Assenti.

Lembrei-me de que não havia dito nada sobre mim em todas essas consultas, tudo que saía da minha boca era uma novidade para ela, até mesmo um "oi".

— Vocês têm uma boa relação?

Assenti novamente.

— O que ela achava de Dylan?

— Eles eram amigos, muito amigos. Quando éramos pequenos, eu tinha muito ciúmes dos dois.

— Eles chegaram a…

— Não! — interrompi. — Éramos todos amigos ali.

— Imagino que o incidente tenha causado um grande impacto nela também.

— Ela vai a uma sorveteria perto do nosso bairro toda vez que vem para casa nos finais de semana. Era a favorita de Dylan, íamos direto quando ele estava vivo.

— E você? Vai com ela?

Balancei a cabeça, negando. Senti uma pontada de culpa ao negar.

— Tento evitar tudo que me lembra dele.

— Adianta?

— Não.

Peguei a minha jaqueta jeans do chão, ao lado da minha mochila, e a vesti — estava com arrepios. Talvez fosse o ar-condicionado, ou por eu estar molhado, ou pelo fato de estar, depois de cinco meses, falando sobre meu melhor amigo que havia se matado.

— Você já perdeu um paciente?

Ela não respondeu, mas eu não esperava uma resposta. Creio que ela também achava que eu não esperava por isso. Então, simplesmente, prossegui:

Se você já perdeu, sabe como é achar que tem tudo sob controle. Se você já perdeu, deve saber como dói perder alguém que você jurava estar ajudando, que você jurava que estava bem. A diferença entre nós dois, doutora, é que Dylan era meu melhor amigo, não meu paciente, e eu jamais conseguirei me perdoar por isso.

Não quero mais mentir, não consigo mais mentir.

A doutora não olhava para mim com pena, os olhos dela não desviaram para o outro lado e um sorriso fraco não apareceu em seu rosto. Não, ela não sente pena de mim e não me vê como um alienígena por, bem, por sentir.

— Isso não é normal?

— No seu caso? É bem normal. Na verdade, estou orgulhosa de você, Ryan.

Sorri de lado.

— Sabe, às vezes, penso em como seria se Dylan não tivesse se matado naquela noite.

— Como seria?

CAPÍTULO 2

COMO SERIA

Olhei para a janela. Não chovia mais e algumas gotas escorriam pelo vidro.

Nunca gostei de hospitais. Talvez seja o cheiro deles que cochicha em nosso ouvido que vai dar tudo errado... Faz algum sentido? Enquanto buscava um café na máquina para a senhora Reynolds, vi o médico que tinha dito para ficarmos na sala de espera correndo em direção a ela. Era um bom sinal, certo? Se ele estivesse andando lentamente, significaria que ele estava ensaiando um discurso na cabeça para nos dizer que Dylan não tinha conseguido. Mas ele estava correndo, e as pessoas não correm quando estão prestes a te dar uma má notícia: elas correm quando estão animadas e ofegantes para te dar uma *boa* notícia.

Corri para a sala de espera, deixando o café na máquina enquanto o líquido ainda era despejado no copinho de isopor.

Quando cheguei, o médico havia acabado de dar a notícia — ele segurava uma prancheta e tinha um sorriso satisfeito no rosto, porém parecia um pouco triste. Perguntei-me como conseguiam se acostumar com aquilo, com toda perda e todo sofrimento. A pior parte da morte é a vida. Morrer é fácil, mas seguir em frente depois que a morte passa pela vizinhança talvez seja o mais difícil de se lidar. A senhora Reynolds se virou e jogou os braços ao redor do meu pescoço. Eu podia sentir suas lágrimas escorrendo, mas eu sabia que eram lágrimas de felicidade. Logo, elas começaram a escorrer pelo meu rosto também.

Ela se afastou de mim e, ainda com lágrimas, perguntou se podíamos vê-lo.

— Vocês podem. Acho que irá fazer bem para ele ver alguns rostos familiares. Só quero conversar com a senhora mais tarde sobre a situação emocional dele. O que aconteceu com seu filho foi extremamente grave e se vocês não o tivessem trazido a tempo...

Ela assentiu rapidamente.

— Meu bebê... Com certeza, o que for melhor para ele. Eu só quero o melhor — disse, segurando forte o meu braço.

Acompanhamos o médico até o quarto.

— Dylan, meu filho... — ela soluçou.

A senhora Reynolds soltou meu braço e correu até a cama. Beijou a testa do filho diversas vezes até seus lábios formigarem e, enquanto o olhava, limpava as lágrimas que caíam no rosto dele.

Dylan ainda estava inconsciente e, enquanto dormia, tudo parecia estar bem, como se as últimas horas nunca tivessem acontecido.

Pensei em chegar mais perto, mas eu não queria que ele acordasse, não queria que ele encarasse toda aquela situação por ora, então sentei no sofá ao lado da cama. Coloquei as mãos na nuca e fiquei olhando para o chão branco, ouvindo a mãe dele soluçar, enquanto minha visão ficava cada vez mais embaçada com as lágrimas que se formavam em meus olhos sem parar.

* * *

Dylan me mandou uma mensagem quando estava saindo de casa. Ele queria ir sozinho até a escola, mas não queria estar sozinho ao chegar lá. Fazia dois meses desde que tudo aconteceu, e ele estava vivendo um dia de cada vez. As pessoas têm memória curta e ninguém mais aparentava lembrar ou comentar sobre o incidente. De qualquer maneira, não estaria sozinho.

Ele tinha os olhos fixos no asfalto quente. Andava pela parte do bairro em que as casas eram maiores e os carros mais rápidos, quando ouviu uma das portas bater forte. Desviou o olhar dos cadarços desamarrados e viu uma garota alta com cabelos castanhos dançando ao vento enquanto andava rapidamente com suas botas de salto. Ela parecia irritada com alguma coisa, porque pisava forte no chão e resmungava baixinho. Ele não podia ver o rosto dela, mas imaginava que fosse incrivelmente bonita. Carregava uma mochila em seu ombro, então Dylan torceu mentalmente para que ela caminhasse na mesma direção que ele. E foi. Entrou pelo portão da escola e cumprimentou um grupo de garotas que conversavam e riam alto.

Eu esperava Dylan do outro lado do portão quando ele veio com os olhos fixos no outro lado.

— Quem é? — perguntou, jogando a cabeça diretamente em direção a Jade, que não parou para conversar na roda de meninas.

— Bom dia para você também — respondi, revirando os olhos. — Seja mais específico, Reynolds.

— A de moletom branco, calça jeans preta e rasgada, botas de salto preto e mochila amarela-clara.

— Deus do céu, Dylan! Era só você ter dito que é a de mochila amarela.

Era de Jade que ele estava querendo saber. Seus olhos eram de um tom entre castanho e cor de mel, seus cabelos eram sedosos como os daquelas mulheres de propaganda de shampoo, sua pele era de um tom bronzeado que as meninas normalmente desejam quando se lotam de bronzeador, suas pernas eram longas e, toda vez que via alguém sorrindo, ela imitava o gesto, pois de alguma forma a alegria alheia a maravilhava. De qualquer jeito, Jade era uma daquelas garotas que são lindas, mas conseguem ver beleza apenas nos outros. Sei disso porque ano passado frequentei um grupo de autoajuda, quando tive alguns problemas na escola por conta da minha identidade, e Jade estava lá. De repente, eu podia enxergar seu sorriso quebrado.

Costumávamos jantar juntos às terças depois da terapia em grupo e, a cada momento, eu pensava: "Ela é o tipo de garota que as pessoas leem livros a respeito". Talvez um dia eu escreva um livro sobre Jade que, com sua doçura, nos faz esquecer coisas ruins do mundo. Precisamos de pessoas assim.

— Jade. Ela é a garota de quem sempre falo pra você.

— Ela é a Jade?

— Em carne e osso.

— Você precisa nos apresentar.

Revirei os olhos e ajeitei a mochila nos meus ombros.

— Ela está a fim de outro, se é o que você está pensando — menti.

Minhas palavras não pareceram afetar Dylan, que ainda tinha os olhos fixos em Jade. Ele nem havia prestado atenção no que eu acabara de dizer: estava concentrado demais na menina, que agora se misturava à multidão nos corredores da escola.

— Obrigado, cara.

— Dylan, eu disse que...

— Vou indo para a aula, a minha primeira é de inglês. Mande uma mensagem na hora do almoço — disse, acenando rápido.

Antes que eu pudesse dizer qualquer coisa, Dylan saiu correndo pelos corredores até ser apenas um pontinho na multidão de alunos. Jade iria partir o coração dele e, enquanto ficava cada vez mais distante, mais eu podia ver claramente. Não que Jade seja uma má pessoa, mas ela é o tipo que se apaixona pelos caras errados porque é mais seguro, é mais fácil olhar para alguém que nunca irá olhar você de volta, porque desse jeito não precisa se preocupar em se abrir. Ela não fazia isso de propósito, mas de qualquer jeito fazia, como um mecanismo de defesa.

Pensei em falar a verdade para Dylan — quer dizer, é isso que amigos de verdade fazem, não é? Mas ele jamais iria me ouvir... Aquele ali era cabeça-dura. O problema foi que, enquanto ele corria pelos corredores, presenciei algo que não via há tempos em Dylan: vida.

CAPÍTULO 3

A FAMÍLIA

Dylan quebrou o braço duas vezes na vida.

A primeira quando tínhamos oito anos, pulando do telhado. Ele gritou que a gravidade era uma merda, depois de assistir ao Super-homem, e pulou do telhado. Acho que de fato Dylan imaginava que voaria se acreditasse com todo o coração. Eu, sentado na grama do seu jardim, não conseguia parar de rir, mas fiquei surpreso quando ele se arremessou em direção ao chão. A questão é que Dylan não precisava voar para mostrar que era um super-herói. Ele mantinha a mãe viva apenas com sua risada boba — e isso era maior que qualquer poder. Mas sempre sentiu muito, sempre ao extremo. Se seu coração dissesse que o melhor seria voar, ninguém tiraria aquela ideia de sua cabeça. Essa merda de coração às vezes não quebrava só o seu braço.

Naquele momento, estávamos com dezessete anos, sentados no telhado com Josh. De tanto tentar voar, Dylan estava se quebrando e eu só conseguia pensar em como gostaria de ajudá-lo a respirar, porque talvez assim o ar ficasse mais leve. Katherine e Jeremy estavam na sala de estar e podíamos ouvir Jeremy berrando o mais alto possível tudo que vinha em sua cabeça. Quando isso acontecia, Dylan colocava Aerosmith no máximo em sua caixinha de som para que Josh não ouvisse o que o pai dizia, e os dois ficavam ali no telhado. Josh tinha só oito anos, e Dylan fazia de tudo para que seu irmão menor não acabasse ouvindo as coisas que ele mesmo teve que ouvir. Um baita irmão.

Eram quase dez da noite, e o vento gelado soprava forte no nosso rosto, deixando as bochechas e a ponta do nariz geladas.

— Você conversou com ela? — Dylan perguntou, quebrando o silêncio.

Ajeitei-me no telhado, já sabendo de quem ele falava. Encontrei-a na aula de matemática naquela manhã. A garota sentou-se à minha frente para resolvermos juntos os exercícios de função. Ela contou como foi o verão e riu de todas as minhas piadas idiotas que saíam involuntariamente, mas nem por um segundo pensei em mencionar o nome de Dylan.

Sei o que você está pensando: melhor amigo gay que tem secretamente uma paixão platônica por ele. Mas vou te dar uma versão melhor e mais realista: melhor amigo gay que não quer que o amigo tenha um ataque de novo e tente se matar porque teve o coração partido. De novo.

— Ela quem?

Dylan ignorou a pergunta de Josh e continuou a me encarar, esperando a resposta.

— Eu disse pra você que nós só nos encontramos às terças.

— Tá, mas eu aposto que ela tem celular.

— Então estamos falando sobre uma garota?

Dylan desviou o olhar para Josh.

— Não, baixinho… — respondeu de um jeito carinhoso. — Ryan e eu estamos.

— Eu conheço? — Josh se virou para mim, ignorando a presença de Dylan.

— Jade Gomez — respondi, batucando no telhado.

— Tipo Daniel Gomez?

Assenti.

Daniel era o pai dela. Ele era dono da escola em que estudamos, lecionava matemática para os mais novos e espanhol para o Ensino Médio. Sei que os avós dele vieram para os Estados Unidos por problemas financeiros que enfrentavam no México. Viveram ilegalmente no país por dez anos até finalmente conseguirem os *green cards*. A garota sempre mencionava sua mãe, dona do abrigo para animais marítimos que precisavam de assistência médica. Jade estava sempre trabalhando por lá: seu sonho era se tornar bióloga marítima, então ficava praticamente o tempo todo debaixo d'água.

— Jade Gomez de La Cruz? *Essa* Jade? — Dylan perguntou alto, tentando competir com a música alta e os gritos lá de baixo.

A música parou por uns segundos antes de "Crazy" começar a tocar e, nesse intervalo de tempo, pude ouvir a porta batendo com força. Provavelmente era a porta de Jeremy — ele fazia isso quando não queria mais ouvir a esposa. O homem falava e falava até todos ficarem surdos, mas não tinha espaço naquela casa para qualquer outra voz além da dele.

Muitas vezes as pessoas julgavam mulheres como Katherine, mas viver no meio daquilo realmente me fez entender algumas coisas. Katherine não podia pedir divórcio ou fugir, Jeremy a mataria se ela fizesse isso. Muito menos podia denunciá-lo, porque ele era da polícia. Imagino que, se fossem só os dois, ela provavelmente teria arriscado tudo, mas havia parado de viver para si mesma há muito tempo: fazia aquilo pelos filhos. Era muito triste, porque cada vez que eu via a senhora Reynolds no jardim cuidando de suas rosas, ela parecia cada dia menos viva.

— Quer dizer, eu já ouvi falar dela, ela é filha do dono da escola. Mas eu não sabia que era *essa* Jade.

— Meu Deus, Dylan, onde você esteve todo esse tempo? — Josh perguntou incrédulo.

— Debaixo de uma rocha, claramente.

Ele pegou a caixinha de som entre as pernas e desligou a música, fazendo com que o barulho dos grilos substituísse a música alta.

Josh suspirou, e pude sentir a sua respiração trêmula, como se estivesse prestes a quebrar.

Ele tinha a cabeça apoiada nos joelhos ralados e vi seus olhos com lágrimas prestes a cair. Ele abraçava as pernas com tanta força, que pude ver seus dedos longos ficarem brancos.

— Não quero voltar para dentro.

Dylan olhou para o irmão e, em seguida, abraçou-o de lado. Envolveu o menino em seus braços como uma concha e beijou o topo de sua cabeça algumas vezes. Inclinei-me de lado para que minha mão alcançasse sua perna fina, e a deixei ali por alguns segundos.

— Está tudo bem, baixinho. Eu vou tirar nós quatro dessa casa, você vai ver.

— Como? Você não tem dinheiro! Nem a mamãe, muito menos a Layla... — Josh respondeu, soluçando entre as lágrimas.

Teve uma época em que insisti para que Dylan aceitasse meu dinheiro, mas ele pareceu tão ofendido que foi como se eu tivesse cuspido aquelas palavras nele. Não queria pena de ninguém, mas às vezes seu orgulho confundia pena com ajuda. Eu estava tentando ajudá-lo, mas ele jamais aceitaria.

— Eu vou estudar medicina. Serei cirurgião. Aí vou tirar a gente daqui e você vai poder dizer para todos os seus amigos que seu irmão salva vidas.

Olhei para Dylan um tanto confuso. Não sabia dizer se ele estava falando aquilo para tranquilizar o irmão ou se realmente estava falando sério.

* * *

Esperei do lado de fora, apoiado na árvore grande que eles tinham em frente à casa. Dylan havia entrado para colocar Josh na cama e certificar-se de que a senhora Reynolds estava bem. Vindo ao meu encontro, enquanto a lua iluminava sua pele negra, pude ver a tristeza transbordando em seus olhos. Ele nunca admitiria, esse era seu problema.

Ele veio até mim, com as mãos no bolso de sua calça jeans e um sorriso para disfarçar a dor das últimas duas horas.

— Você estava falando sério sobre estudar medicina? — disparei, antes mesmo que ele parasse na minha frente.

— Sim — respondeu, tentando aparentar indiferença.

Cruzei os braços na frente do peito, tentando me livrar do frio daquela noite.

— Por que nunca me contou?

Ele olhou para trás, para a casa que agora não tinha nenhuma luz acesa e que estava tão quieta que parecia que os gritos de meia hora atrás nunca existiram, e depois de novo para mim.

— Você sabe por quê. Eu estudo muito, Ryan. Mas, se for para fazer medicina, eu preciso ganhar uma puta de uma bolsa. As universidades são muito caras e eu não tenho dinheiro para isso. Além disso, por quantos médicos negros você já foi atendido?

Abaixei a cabeça.

— Vamos lá, Ryan! — ele disse, me dando um soquinho no braço direito. — Já está tarde... Nos vemos amanhã?

Assenti, chutando a terra seca e dura.

Aquilo não parecia doer para ele, todos os sonhos que pareciam tão distantes. Ele havia simplesmente se habituado a olhar para os sapatos desgastados e não para o céu. O pior era perceber que ele já havia se acostumado a encarar aquela realidade. Ninguém deveria se conformar com aquilo, com tudo que Dylan tinha que ver e se calar.

Ele se virou e voltou para dentro de casa, onde parecia estar mais frio.

Na cozinha, encontrou a mãe debruçada sobre a mesa, de cabeça baixa, soluçando entre as lágrimas. Tentou entrar sem fazer muito barulho, mas trombou com a vassoura que estava encostada na porta e ela caiu no chão, causando um estrondo. A mulher levantou a cabeça, alarmada, e olhou rápido em direção a Dylan, que estava agachado no chão, pegando a vassoura de madeira.

Ela levou a mão até o coração, que parecia estar prestes a pular do peito. Um dia teria um ataque cardíaco, ela pensou. Só não teve ainda porque seu coração não batia só por ela, mas pelos filhos também.

Ao olhar para a mãe, sentiu o rosto ficar vermelho de raiva ao ver as marcas de mão ao redor de seu pescoço e o sangue que escorria pelo nariz dela. Seus olhos estavam vermelhos e inchados de tanto chorar, e os cabelos grudados pelas lágrimas disfarçavam um pouco a marca da palma da mão de Jeremy.

No fim do dia, algumas crianças encontravam os pais rindo e tomando vinho juntos depois de um longo dia de trabalho e saudades; mas era com aquela imagem que Dylan se deparava. Algumas realidades são fantasias para outros.

O garoto cerrou os punhos, sentindo a raiva preencher cada órgão de seu corpo. Ligar para a polícia não era mais uma possibilidade: iria matá-lo imediatamente.

— Pare agora mesmo, Dylan! — repreendeu-o com a voz firme, apesar de estar mais fraca do que já esteve em toda a sua vida. Às vezes, conseguimos forças do fundo do peito que nem sabíamos que existiam. — O que você acha que conseguirá? Mais caos?

Dylan olhou para os seus punhos cerrados. Estava tremendo, com tanta raiva que seu corpo parecia muito pequeno para aguentar tudo o que havia dentro.

— Eu não criei filho bandido!

— Mãe, deixe eu te ajudar.

Ela esfregou as mãos no braço, mordendo o lábio inferior, enquanto as lágrimas teimavam em escorrer.

Havia tentado denunciar uma vez. Foi até a delegacia determinada a pôr um fim naquele abuso, chegou lá e foi atendida pelo colega dele. Quando voltou para casa, apanhou tanto que ficou trancada por uma semana, com os olhos tão inchados que não era capaz de enxergar. Sem contar as ameaças que recebia constantemente. Jeremy dizia que ninguém iria acreditar nela se tentasse ir embora e a chamariam de louca por toda a cidade. E como não? Jeremy era um policial, tão responsável, procurando justiça nas ruas, enquanto dentro de casa era um ótimo marido e pai.

Dylan aproximou-se, puxou a cadeira e sentou-se diante da mãe. Pegou as mãos trêmulas e molhadas de lágrimas dela e as beijou.

— Se você quiser me ver feliz, filho, estude muito e vá para a faculdade. Case-se com alguém que você ame de domingo a domingo e tenha filhos. É só isso que eu preciso para ser a mulher mais feliz desse mundo.

Ela soltou sua mão da de Dylan e a levou até o rosto do filho, passou o polegar em uma lágrima que escorria e se inclinou na mesa, pressionando os lábios contra a testa dele.

Dylan teve certeza, naquele momento, de que todos que diziam para perdoar pessoas como o pai dele nunca tiveram que conviver com alguém assim.

O perdão anda de mãos dadas com o amor. Perdoamos porque, apesar de tudo, ainda amamos. O perdão vem porque, apesar de você ter molhado todo o chão do meu banheiro ao tomar banho, eu continuo amando você. O perdão não vinha para Jeremy, pois não estava acompanhado do "apesar de" — e, consequentemente, andava longe do amor. Sem amor, sem perdão.

Amor vem com respeito, o que Jeremy não tinha de ninguém naquela casa. Respeito é muito diferente de medo: isso é algo muito importante e esses sentimentos jamais podem ser confundidos. Eu ajudo você a tirar as coisas do carro quando me pede porque eu te respeito. Eu fico quieto quando você berra para eu calar a porra da boca porque eu tremo de medo de você. Entendeu agora o que estou querendo dizer? Há uma grande diferença.

Fora isso, ele jamais poderia perdoar a si mesmo se perdoasse o pai. Porque perdoar tudo aquilo parecia o mesmo que virar e dizer que, apesar de tudo, estava bem. E não estava, estava tudo muito errado ali naquela casa.

Mas o que ele não via é que perdão é muito mais sobre nós do que sobre os outros. Perdoamos porque, por mais que tenha doído, deixamos claro que não há mais espaço para rancor ou raiva em nosso peito. Precisamos deixar algumas coisas irem embora, porque, no final das contas, nosso peito nunca deveria ter sido moradia para elas em primeiro lugar. Às vezes precisamos perdoar até aqueles que nunca pediram desculpas e talvez isso seja a coisa mais difícil que faremos em nossa vida. Eu escolho perdoar porque, acima de tudo, não quero viver uma vida andando por aí com tanto tumulto dentro de mim. Perdoar é sobre deixar ir, desprender-se de tudo que um dia nos fez mal.

Quando Dylan deitou-se aquela noite, prometeu para as estrelas e o que quer que exista além delas que faria a mãe orgulhosa.

A casa estava totalmente em silêncio agora, mas ele não conseguia mais dormir. De algum modo, o vento soprando contra a sua janela e o barulho do ponteiro de seu relógio, na cômoda ao lado da cama, eram como gritos em seu ouvido. Foi até a escrivaninha onde o seu laptop estava e voltou para a cama sentindo os pés congelarem com o chão gelado. Esfregou-os na coberta enquanto esperava ligar, contando os segundos, esperando que de algum jeito fosse tornar o processo mais rápido. Quando a tela brilhou, não hesitou e clicou milhares de vezes no Facebook até a página abrir. Ignorou as mais de cinquenta mensagens de apoio de meses atrás, após o incidente (ele talvez nem conhecesse tanta gente assim), e foi direto procurar pelo nome de Jade Gomez de La Cruz, que apareceu no topo dos resultados. Ele clicou em sua foto de perfil e encontrou Jade segurando um buquê de tulipas cor-de-rosa, bem claras, usando um vestido amarelo bebê com um sorriso largo no rosto. Ela supostamente havia sido dama de honra em algum casamento, porque era possível ver todas aquelas pessoas bem-vestidas separadas em duas fileiras enquanto ela passava pelo meio. O sorriso nos lábios da garota provocou uma sensação estranha em seu estômago, como se estivesse em um looping de montanha-russa.

Saiu da foto e, com os dedos formigando, clicou na solicitação de amizade e fechou o computador rapidamente. Sabia que poderia mudar de ideia se pensasse mais, então só puxou as cobertas até a ponta do nariz, deixando os dedos dos pés para fora. Olhou para a janela, onde a cortina aberta dava espaço para as estrelas brilhantes no céu negro. Dylan as encarou e esperou que alguém lhe mandasse um sinal. Se uma das estrelas piscasse uma vez seria "sim"; duas vezes, "não". Com a voz abafada pela coberta, perguntou se aquilo acabaria logo. Esperou. E esperou. Não quis fechar os olhos, porque ficou com medo de alguma estrela piscar enquanto ele não via, então continuou de olhos abertos. Ficou de olhos abertos até os raios de sol entrarem em seu quarto de fininho, avisando que o amanhã já havia chegado enquanto pensava no ontem. Você ouviu isso? O amanhã havia chegado. O amanhã havia chegado e ele estava vivo. Algo que precisa saber é que está tudo bem se tudo o que você fez hoje foi sobreviver. Eu sei que você não ouve muito, mas parabéns por isso, estou infinitamente orgulhoso por você.

CAPÍTULO 4

ENCONTRO INESPERADO

Dylan balançava a perna rapidamente enquanto batucava com os dedos na coxa. Talvez se perguntasse por que não conseguia parar quieto e ele poderia dizer que é por causa do frio que o inverno trouxe, mas nós dois sabemos que isso, na verdade, só tem uma resposta: ansiedade.

A senhora Reynolds havia concordado com o médico em fazer com que Dylan frequentasse terapia pelo menos uma vez por semana, mas isso não significava necessariamente que ele concordou também. Era como ficar pelado na frente de um desconhecido, ou ter que lembrar que certa vez você ficou pelado na frente de um desconhecido. Ninguém gosta de ficar peladão assim — quer dizer, a maioria das pessoas não gosta.

Enquanto esperava o doutor, tentou se concentrar nos carros, observando através da porta de vidro na sala de espera do consultório. Tentou contar os carros azuis, que achou que seriam poucos, mas na verdade eram muitos. Nós não percebemos o quanto algo pode ser grande até pararmos e nos concentrarmos nisso.

Quando contou o décimo carro azul, a porta do consultório abriu delicadamente e Dylan ficou surpreso ao ver Jade saindo de lá, com sua pele bronzeada um pouco vermelha na face e na ponta do nariz. Estava chorando. Por que estava ali? Quando a viu na escola, parecia tão feliz e extrovertida, ali era o último lugar que ele pensou que a encontraria. Ela olhou para o garoto curioso sentado à sua frente, mas não pareceu reconhecê-lo, só ficou um pouco incomodada em ser pega naquele estado.

Atrás dela, o senhor McDonald ajeitou os óculos e, com um sorriso discreto, disse:

— Atenderei você em um segundo, senhor Reynolds.

Dylan assentiu e ele voltou para sua sala, fechando a porta e deixando os dois sozinhos.

Jade pegou o celular no bolso da calça e se sentou na poltrona em frente à dele, digitando rapidamente um número e colocando o aparelho no ouvido em seguida.

Depois de alguns segundos, com voz doce chamou sua mãe e avisou que a consulta já havia terminado. Era a primeira vez que ele ouvia sua voz, e sentiu logo um frio na barriga, como se aquele som fizesse cócegas.

— Desculpe pelo incômodo — ela começou, agora falando diretamente com ele —, mas é que você me parece familiar.

Ele sorriu, não sabendo ao certo se pelo excesso de educação ou se pelo simples fato de ela o ter reconhecido.

— Dylan Reynolds... Frequentamos a mesma escola.

— Hum... — murmurou, analisando-o com seus olhos cor de mel.

Ele se ajeitou um pouco, sentindo-se desconfortável. Será que ela o havia reconhecido como o garoto que tinha tentado se matar? Jade pareceu entender aquele gesto e logo se endireitou, parecendo um pouco constrangida agora.

— Desculpe por não te reconhecer, tenho uma péssima memória — disse agora, sorrindo.

Ele sorriu de volta.

— Tudo bem, também sou péssimo com essas coisas. — Mas Jade era um pouco mais difícil de se esquecer, principalmente por ele ter passado a semana anterior inteira tentando encontrá-la nos corredores da escola.

A sala ficou em silêncio por alguns longos segundos, antes que Dylan juntasse toda a coragem possível e perguntasse como quem arranca um curativo:

— Quer tomar sorvete?

Jade o olhou surpresa e, em seguida, riu.

— Sério?

— Sim — ele assentiu, com um sorriso brincalhão no rosto, não acreditando no que havia acabado de perguntar. — Tipo, agora mesmo.

Jade olhou para a porta do consultório ao seu lado e depois de volta para ele.

— Pensei que você tinha consulta.

— Por isso precisamos ir agora mesmo, porque daqui a pouco ele vai estar de volta.

Ela olhou de novo para a porta e de volta para ele. Com um frio na barriga e um sorriso no rosto, concordou.

Os dois se levantaram ao mesmo tempo e, quase correndo, foram até o lado de fora, onde os carros estavam estacionados e o ar não cheirava a aromatizantes naturais de gengibre.

— Você veio de carro? — Jade perguntou, tirando da frente um cacho de cabelo que o vento soprou em seu rosto.

O cabelo dela estava enrolado nas pontas desta vez — todas as outras vezes que a tinha visto, os fios estavam lisos. Dylan se questionou qual dos dois seria o natural.

— Sim, mas a pé são praticamente dez minutos ou até menos. O que você acha?

— Bom, eu acho uma merda, mas a Jade que quer ajudar o meio ambiente acha melhor ir a pé — ela disse, fingindo estar irritada.

Ele riu.

— Qual Jade iremos ouvir hoje?

— A Jade chata, a que quer proteger o meio ambiente.

Rindo, começaram a ir em direção à saída do estacionamento. Ele pensou que os dois andariam em silêncio constrangedor e que os dez minutos pareceriam horas, mas então logo descobriu que ficar em silêncio não era a praia da Jade e que, quando ela começava a falar, era difícil parar.

— Estou lembrando de você agora.

Dylan franziu a testa ao tentar olhar para a garota, já que o sol do fim da tarde atrás dela tornava sua visão complicada. Torceu para que ela não mencionasse o incidente, mas ao mesmo tempo seu tom era muito casual para o assunto.

— Fizemos um projeto de ciências quando tínhamos, tipo, dez anos. Você se lembra disso? Era sobre o funcionamento do coração, fizemos o cartaz mais bonito da sala. Não por minha causa, claro, eu sou péssima em desenho — disse, rindo de si mesma. — Você desenhou praticamente tudo e eu só pintei. Você ainda desenha?

Ele voltou a olhar para a frente. Não desenhava mais, porque era algo que amava fazer antes. Amava. E não sabia quem era, mas tinha certeza de que não era mais o mesmo. Por isso, continuar a fazer o que mais gostava não se encaixava no Dylan pós-tragédia.

Colocou as mãos no bolso e sorriu fraco para ela, não sabendo ao certo o que dizer.

Jade notou sua inquietação, então tentou mudar de assunto o mais rápido possível:

— McDonald não é um sobrenome muito legal.

Ele riu.

— Quer dizer, na primeira consulta eu tive um ataque de riso. Sério, daqueles que você não consegue parar de rir e, quando consegue, bum! — Jogou as mãos para o alto como se imitasse uma bomba. — Não é nem tão engraçado, mas eu precisava daquilo, levando em conta as coisas que eu precisaria dizer dali em diante... Não consigo ficar quieta em momentos constrangedores. — Ela abaixou a cabeça e olhou para os cadarços desamarrados com um ar meio triste. Mas logo tentou disfarçar com um sorriso em direção ao sol, apreciando aquele fim de tarde.

O rapaz olhou-a de canto de olhos e pensou em dizer algo que fosse ajudá-la a se sentir melhor:

— Esse é um dos momentos?

Jade voltou-se para Dylan, não entendendo o que ele tinha perguntado.

— Um desses momentos constrangedores em que você fala bastante? — Logo ele percebeu que aquilo talvez não fosse o melhor a dizer; na verdade, poderia soar até um pouco ofensivo. — Não que eu não esteja gostando, pelo contrário! — ele se apressou em explicar, mas Jade só balançou a cabeça e riu.

— Bom, agora que você disse, talvez tenha passado a ser um pouco constrangedor... — ela riu.

Ela tinha covinhas e, toda vez que ria, ficavam mais visíveis, o que a tornava ainda mais bonita e seu sorriso ainda mais desejável.

Era mais bonita pessoalmente — não que nas fotos não fosse, mas estar ao seu lado era diferente. Talvez fosse seu perfume, ou sua risada, ou o jeito que falava, os detalhes que só ali poderiam ser vistos a deixavam ainda mais linda. E Dylan parecia segurar aquele momento como quem segura algo frágil demais, talvez como água, com medo de derramar entre os dedos.

— Eu vou ser reprovado em espanhol — novamente disse sem pensar, num impulso.

Jade o olhou com a testa franzida.

— Queria saber se você poderia me ajudar, se não for atrapalhar nem nada, claro. Sei que seus pais são mexicanos e seu pai é professor de espanhol, então pensei que você talvez tivesse mais facilidade — ele disse rápido.

Ela o olhou com um enorme sorriso e assentiu devagar.

— Claro, Dylan.

Ele nem fazia espanhol, esse filho da mãe: tentou, mas achava muito fácil, então escolheu francês naquele semestre. Mas lá estava ele. Os segundos passavam, escorregavam por suas mãos, e ele estava disposto a fazer de tudo para ter Jade mais um pouco ao seu lado.

Quando chegaram à sorveteria, Dylan abriu a porta para Jade, que sorriu em resposta. Sentaram de frente nos sofás ao lado da janela e pegaram os cardápios.

Enquanto segurava o cardápio na frente do rosto, ela o abaixou um pouquinho, o suficiente para vê-lo lendo concentrado. Ele retribuiu. Era muito bonito, não tinha como negar, e a blusa branca justa nos seus músculos o deixava ainda mais atraente. Mas não era isso que a atraía. Ela já tinha visto muitos meninos bonitos antes que eram sem graça aos seus olhos. O que chamava atenção era o fato de que ele nem parecia notar o quanto era bonito e, se notava, não ligava. Ela nunca se interessava pelos garotos que pareciam ter acabado de sair de uma capa de revista, porque sempre demonstravam ter consciência do quão bonito eram e tornavam-se egocêntricos e superficiais. Ou seja, ela achava que a maioria das pessoas com rosto bonito tinha personalidade feia. Mas lá estava Dylan. Aparentemente, uma exceção. Só que aparências enganam, assim como as palavras, e disso ela tinha certeza.

— Sorvete de banana! — Dylan praticamente gritou.

Jade olhou rápido de volta para o cardápio, tentando não ser pega.

— O quê? — disse, sem tirar os olhos do cardápio.

— Melhor. Sorvete. Do. Mundo. Você precisa experimentar! Já experimentou?

Ela negou com a cabeça, rindo da animação.

Chamou a garçonete que terminava de atender a mesa da frente, e ela veio com um sorriso grande no rosto. Pareciam ter a mesma idade, os cabelos louros estavam presos em um rabo de cavalo alto e as sardas em seu rosto a deixavam ainda mais bonita. Ao chegar com o bloquinho e a caneta, pronta para atendê-los, ela parecia nem notar a presença de Jade ali.

— Bem-vindos ao Jack's Daydream, sou a Alex e vou atendê-los hoje. O que vão querer?

— Boa tarde! Nós queremos duas casquinhas de banana.

A garota anotou os pedidos rapidamente. Jade se questionou qual era a necessidade daquilo, já que ela poderia muito bem decorar aquele pedido tão simples.

— Algo mais?

— Não, só isso, muito obrigado.

Os dois entregaram os cardápios à garçonete, que saiu com um sorriso ainda maior do que quando chegou para atendê-los. Jade se segurou para não revirar os olhos.

— Quando é sua primeira prova de espanhol?

Ele olhou para suas mãos cruzadas em cima da mesa e pensou qual seria a resposta certa. Ele nem sequer sabia quando as suas verdadeiras provas começavam, mas provavelmente só dali a um mês.

— Eu tenho que entregar um trabalho semana que vem.

Ótimo, agora outra mentira que ele teria que inventar. Trabalho do quê?

— Apresentação, tipo seminário?

Dylan assentiu, tentando não se entregar.

— Ótimo. Do que é?

Algo importante que você tem que saber é que Dylan não sabe mentir: ele é péssimo nisso. Não sei dizer o que exatamente o entrega, mas talvez seja o fato de ele rir logo depois de contar uma mentira.

Ele tentou se lembrar de algum trabalho que já tinha feito, talvez pudesse lembrar de algo.

— Comidas típicas mexicanas.

Além de Jade ter como primeira língua o espanhol, comia desde criança comidas mexicanas que seus pais preparavam, então aquilo seria muito fácil.

— Ok, vai ser fácil. Você pode na terça à tarde? Tipo às seis?

— Sim, combinado.

Ele nem sabia se tinha algum compromisso ou não, mas cancelaria com certeza para poder se encontrar com ela.

Jade cruzou os braços, em uma tentativa de se aquecer no frio do ar-condicionado da lanchonete e, com aquele gesto, a manga de sua blusa rosa de cetim escorregou de seu ombro, revelando uma tatuagem pequena um pouco abaixo de sua clavícula. Era uma abelha. Tinha uma abelha tatuada, bem pequena, só o contorno em preto. Assim que percebeu os olhos curiosos em sua pele descoberta, levantou rapidamente a manga que não havia notado escorregar. Não só tinha uma tatuagem, mas também um segredo. Provavelmente vários. De qualquer forma, não parecia o tipo de pessoa que fazia uma tatuagem escondida. Longe disso.

— Você não parece ser do tipo de pessoa que faz tatuagens escondidas.

— É porque eu não sou.

Ele levantou as sobrancelhas.

— Vai me dizer que todo mundo sabe que você tem uma dessas aí — disse, apontando para sua tatuagem, agora coberta.

— Você não pode contar pra ninguém, Dylan. Sério! — Parecia estar extremamente tensa enquanto esperava a resposta dele. E ele não gostava de vê-la assim, então assentiu em seguida.

Os dois ficaram em silêncio por alguns segundos, mas ela parecia mais aliviada do que chateada por ter sido descoberta.

— Posso perguntar o que significa? Quer dizer, tem algum significado?

Jade pensou no que dizer. Se tinha um significado? Havia toda uma história, mas não estava pronta para revelar da mesma maneira que a tatuagem foi descoberta: por descuido, pela sua manga.

— Sou alérgica a abelhas. Quando eu tinha cinco anos, uma colmeia caiu do meu lado e quase morri. Fiquei internada por um mês, todo mundo achou que eu não ia conseguir. Então fiz uma abelha quando estava na pior fase da minha vida, para eu me lembrar de que nem o que mais me faz mal pode me derrubar, que não tenho medo. É tipo um lembrete.

Dylan sorriu. Ela era durona, isso que ela era.

— Eu amei.

Jade sorriu, agora não parecendo mais constrangida ou chateada.

— Aqui estão os sorvetes.

Alex serviu os sorvetes, mas nem o de banana era capaz de fazer com que Dylan tirasse os olhos daquela garota. Nada ali parecia ser tão fascinante ou interessante quanto a garota com a tatuagem de abelha sentada a sua frente.

CAPÍTULO 5

LAYLA

Dylan chegou em casa duas horas depois da sua suposta consulta acabar. Avisou para a mãe que chegaria um pouco mais tarde do que o previsto. Entrou com as mãos no bolso, subiu as escadas e foi direto para o quarto.

— MÃE, CHEGUEI! — gritou, sem parar de ir em direção ao quarto.

— Dylan? — Ela abriu a porta de seu quarto, que era na frente do dele. Ela estava de camisola, e os olhinhos pareciam estar ainda se abrindo, mas havia certa apreensão mergulhada neles. — Você tem que me prometer que não vai ficar bravo comigo, eu estava pensando nos meus outros filhos.

Dylan estava com a mão na maçaneta, prestes a abrir a porta do quarto. O que raios ela queria dizer com aquilo? Outros filhos? Como assim ela só estava pensando nos outros filhos, o que ela queria dizer?

Era de Layla que ela estava falando?

Não podia ser. Quer dizer, podia. O curso dela havia acabado na semana anterior, ela estaria voltando para casa naquele mês, mas por quê? Ela nem sequer voltou para visitar Dylan... Que irmão deixaria de visitar? Ele não quis saber, nem mesmo tentou conversar sobre isso com a mãe. Ele já sabia a resposta: se Layla não foi visitá-lo, significava que ele não era importante para ela.

Abriu a porta do quarto, ignorando o que sua mãe falava, e viu Layla deitada em sua cama, encolhida e enrolada nas cobertas. Ainda estava de óculos, o que era estranho, levando em conta que ela odiava usar seus óculos, mas então notou que a televisão estava ligada. Ela normalmente não conseguia dormir com a televisão desligada. O que sempre achou estranho, já que aparelhos eletrônicos supostamente tiravam o sono. Pegou o controle da televisão em cima da cômoda ao lado da cama e a desligou.

Quis sentar ali na cama, acordá-la e bater o recorde de abraço mais demorado do mundo, mas sabia que não podia fazer aquilo. Para Layla, o curso de fotografia era mais importante, e isso não era algo que ele podia simplesmente perdoar.

— O que você está fazendo aqui, Layla? — ele disse, mexendo bruscamente em seu braço.

Ela dormia profundamente, como se quisesse resgatar todas as noites de sono passadas longe daquela cama. Nem se ele gritasse do seu lado ela acordaria, teria que ficar mexendo, e foi o que ele fez; mas, para a sua surpresa, não demorou para que ela acordasse. Layla odeia ser acordada.

— Dylan! — ela disse, jogando os braços ao redor de seu pescoço, abraçando tão forte o irmão que, se não estivesse puto, seria capaz de juntar todos os seus pedacinhos.

— O que você está fazendo aqui? — ele repetiu, seco, sem nem mesmo retribuir o abraço. Ela se afastou, com a testa franzida e o coração partido com a indiferença do irmão.

— Deus do céu! Desde quando eu sou "Layla" para você? Voltei porque o meu curso acabou, ué...

Ela havia passado um mês fazendo um curso de fotografia na África do Sul, estava economizando desde os doze anos. Ele sabia que era importante para ela, mas não a esse nível.

— Por que você não veio antes? — A voz do irmão falhou. — Eu precisava de você.

Layla franziu a testa e levou a mão até o rosto dele. Suas mãos estavam geladas em seu rosto quente. Suas mãos eram sempre muito geladas.

Ela não sabia.

Deus do céu, ela não sabia! Ele podia ver em seus olhos, ela não tinha ideia do que ele estava falando. Ninguém tinha contado, por isso ela não voltou: porque não sabia.

— O que aconteceu? Meu Deus, Dylan, fiquei tão preocupada! Mamãe falou sobre o acidente.

— Acidente?

— Sim, mamãe disse que você caiu e bateu a cabeça durante o banho. Vi as contas do hospital na bancada da mesa, mas a mamãe disse que o seguro cobre esse tipo de coisa. Como vai essa cabecinha?

Por que ninguém contou o que realmente aconteceu?

Os olhos dele se encheram de lágrimas e, antes que ela pudesse vê-las, o irmão a puxou para o seu peito, fazendo com que deitasse nele. Puxou as cobertas, e ligou a televisão de novo.

— Está tudo bem, Lola. Você está aqui agora.

Não demorou para ela cair no sono. Se você perguntasse, diria que era a televisão, mas nós sabemos que era ele quem lhe trazia o sentimento de lar.

Esperou a respiração dela ficar pesada para ter certeza de que estava dormindo mesmo e saiu do quarto com cautela para não acordar a irmã. Assim que fechou a porta, deixou a raiva finalmente sair também, depois abriu a porta do quarto da mãe, que estava sentada na cama, esperando. Ela sabia que ele viria.

— Por que você não contou a ela? — perguntou, ainda parado na porta. Não queria chegar perto de sua mãe, estava muito bravo.

— Eu não consegui. Fiquei com medo, você precisa entender que eu estava com muito medo. — Seus olhos se encheram de lágrimas.

Dylan virou o olhar, não conseguia ver a mãe chorar.

— Você ficou inconsciente por mais ou menos um mês — a mãe continuou. — Pensei que um dia iria acordar e você não estaria mais lá... Nem dormi durante esse tempo. Eu não iria aguentar perder mais um filho.

A mãe fez uma pausa, tentando se recompor. Dylan chorava também, nem se importava em limpar as lágrimas que escorriam rápido.

— Você conseguiria? Conseguiria contar para sua irmã gêmea do outro lado do mundo que talvez o irmão nunca mais fosse acordar?

— Eu precisava dela, mãe.

— Mas ela também precisava de você, e naquele momento você não estava.

* * *

Dylan corria tão rápido que seu coração parecia explodir em seu peito. Batia tão rápido que, se corresse ao seu lado, já o teria ultrapassado.

Seu pé parecia queimar, como se andasse descalço no asfalto ao meio-dia. Não sabia ao certo quanto tinha corrido ou onde estava, parecia que, para qualquer lugar que ele fosse, estaria perdido.

Quatro quilômetros.

Ele não queria terapia, ou mesmo tomar os remédios. Não queria admitir que estava tão quebrado quanto pensou que estava. Falar doía, olhar-se no espelho doía. Não queria que as pessoas começassem a vê-lo do jeito que ele se via. Estava exausto. Muito. Tanto física quanto emocionalmente. Até mesmo quando deitava, suas pernas doíam como se esperando em uma fila por horas. Ele queria deitar, mesmo quando já estava deitado. Isso faz algum sentido? A dor nunca fez, por isso é insuportável, parece beco sem saída. Quando ele levantava, seu corpo fazia questão de lembrar que tentar é uma perda de tempo. Ele não conseguia se esforçar mais. Fez amizade com o filho de uma mãe que grita as coisas horríveis para ele e resolveu se virar contra ele mesmo também. Já contei que ele está com dor de cabeça há uns três meses? A dor não passava, não sabia se era porque ele pensava muito ou porque chorava muito. Talvez sejam as duas coisas. Não queria falar com ninguém, sabia o que pensariam, ele pensava o mesmo. Achava que era fraco, tinha certeza disso. Por que viver é tão difícil assim? Deveria ser? Ele estava com tanto frio e cansado. Ele sentia que precisava repetir a palavra "cansado" quinhentas vezes quando perguntavam como ele estava, até entenderem o real peso dela. Peso. É assim que ele se sentia. Em todos os sentidos possíveis. Não aguentava mais se arrastar por aí como um peso, era muito cansativo. Só queria descansar, porra. Só queria um tempo. Seu pai lhe disse que não o aguentava mais, e ele quis responder: "Somos dois". Não se aguentava mais, consegue entender isso? É insuportável viver em um corpo que não parece te vestir bem. Insuportável. Ele se sentia desgastante até mesmo para si próprio. As pessoas pediam para ele falar mais, porque ele mudou, não falava tanto quanto antes, mas antes mesmo de abrir a boca elas o faziam mudar de ideia. Ser quem ele era doía. Tentar se amar era cansativo. Tentar pelo menos se aceitar como era já era desgastante. Ele queria que a dor parasse. Todas elas. A dor no peito, na cabeça, nos olhos. Ele não era essa dor, nem mesmo deixou entrar. Ela simplesmente entrou em seu peito e ficou lá. Fincou as unhas em seu coração, e ignorou seus gritos sem nenhuma piedade, e agora apodreceu, tomando conta de cada canto. Queria mandá-la embora, queria berrar para que tirasse as mãos dele. Mas agora ela tampava sua boca e fechava sua garganta: gritar seria inútil. Eles não o ouviam nem mesmo quando ele conseguia falar, por que ouviriam agora? Acima de tudo, será que ele queria mesmo gritar? Eles não compreendiam, mas não os culpava, porque nem mesmo ele entendia, estava muito cansado para discutir quando passou tantos anos fazendo isso consigo mesmo todos os dias. E todos os dias tentava arranjar um motivo para ficar, para investir. Isso é bem fodido, ele não deveria procurar uma desculpa para ficar. Ele tinha que simplesmente querer ficar, e não ser um sacrifício. Você não deveria se matar para viver.

Agora eram seus pulmões que queimavam.

Quando Dylan tinha dez anos, foi para um acampamento nas férias de verão. Eles tinham um lago bem grande, mas em que só era permitido nadar se fizesse um teste e conseguisse o cartão verde. Ele não conseguiu, ficou com o amarelo, que significava que só podia entrar no lago acompanhado de algum monitor. No último dia, acordou com os pulmões se enchendo de água enquanto o sol nascia. Não se sabe se foi mais um ataque de sonambulismo ou se alguém, na tentativa de fazer uma brincadeira idiota, o colocou ali. O problema era que ele não sabia nadar e, se não fosse por Layla, que reconheceria os gritos do irmão do outro lado do mundo, ele teria de fato se afogado.

E lá estava ele. Seus pulmões pareciam queimar. Respirar parecia uma arte que ele nunca dominou, como se tivesse dez anos de novo naquele lago; mas, desta vez, Layla não podia ouvi-lo. Ele gritava em silêncio.

Sentou debaixo de uma árvore grande, tentando recuperar o fôlego. Havia chegado em um penhasco, metafórica e literalmente. Podia ver a cidade inteira como pontinhos de luz. Era como um mar de luzes e, por uma fração de segundos, quis mergulhar.

Não há nada de bonito nesse sentimento, não há o que romantizar. Não há nada de bonito na dor, na verdade, não há nada nela. É um buraco escuro e fundo, onde você está constantemente perdendo: perdendo-se, perdendo-os, perdendo-nos. Só de pensar, faz ficar ansioso.

Dizem para respirar fundo. Você não entende que não dá? A dor é água, é um oceano inteiro. A água salgada está batendo em seu queixo e ele não sabe o que é lágrima e o que é água do mar. Continua batendo o pé porque sabe que, se parar, talvez se afogue, mas está cansado. Se ele respirar fundo, a água chega até o seu nariz e ele engasga.

Dizem para pensar positivo. Suas inseguranças são uma arma apontada para a cabeça gritando para que se jogue, fazendo-o refém em sua própria cama. Toda vez que pensava em pedir ajuda, acreditava que as pessoas o achariam louco, simplesmente porque elas não viam a arma apontada para sua cabeça. Ele não era louco, mas se sentia muito como um.

Dizem que tudo vai ficar bem. Seu céu é tão escuro que ele não via luz. As nuvens são tão pretas que sua pele já se acostumou e se adaptou à escuridão — toda vez que um feixe de luz passa, fica com medo de chegar perto e se queimar.

Dizem que é tudo uma questão de tempo. Seu relógio estava quebrado, mas de algum jeito continuava fazendo o tique-taque, lembrando de que o tempo está passando para todo mundo, e ele continuava no mesmo lugar.

Dizem que era só procurar ajuda. As pessoas gostam de coisas bonitas, e o que passava pela sua cabeça era feio, triste, e ninguém queria ter algo tão feio assim por perto.

Ele se esforçava tanto, e as pessoas não conseguiam ver isso. Elas só acham que ele poderia fazer melhor. E se eu te disser que esse talvez fosse o seu melhor? Não era. Deus do céu! Eu sei que ele era mais que isso, mais que esse sentimento feio que faz questão de se alojar em seu peito. Mas como você vê isso, se seus demônios seguram o seu rosto, fazendo com que você só possa ver o caos?

CAPÍTULO 6

SÁBADO DE PIPOCA

— Você precisava ver! Eles eram gigantões — Layla disse, enquanto enfiava o sanduíche de atum praticamente inteiro na boca.

Dylan riu do jeito da irmã, e enfiou uma cenoura no molho *caeser*. Os irmãos Reynolds eram estranhamente saudáveis.

Ela pegou a mochila ainda com o sanduíche na boca e começou a procurar algo. Foi tirando caderno, estojo, laptop, praticamente tudo, até finalmente achar o que estava procurando. Colocou um embrulho feito de jornal em cima da mesa do refeitório e começou a guardar todo o material. Dylan foi pegar o embrulho, mas, antes mesmo de conseguir tocar no objeto, recebeu um tapa na mão que chegou até a estalar.

— Agressiva!

Ela mostrou a língua, o que só me fez rir ainda mais.

Pegou o embrulho com suas unhas brancas e longas e então começou a desembrulhá-lo.

— Comprei um presente para vocês.

Franzi a testa.

— Se é um presente pra gente, por que é você quem está desembrulhando?

Ela parou por um segundo e olhou feio para mim.

— Eu dito as regras aqui, espertinho. — Limpou a garganta e, quando o presente já estava desembrulhado, disse: — É o presente mais idiota que vocês já viram, mas é até fofinho.

Ela o colocou de volta na mesa, em cima do embrulho de jornal. Eram quatro colares com pingentes feitos de madeira clara que, quando juntos, formavam o rosto de um elefante. Com certeza era feito à mão, dava até para sentir o cheiro de tronco e folhas.

— Eu sei que vocês são meninos, e consequentemente podem ser bem idiotas, então vocês podem, sei lá... Hum, fazer de chaveiro ou deixar em cima da...

Antes de conseguir parar de reclamar, Dylan e eu já tínhamos posto o colar. Seus olhinhos caíram do nosso rosto para o nosso pescoço. Eles começaram a se encher de lágrimas, porque, além de estranhamente saudáveis, os Reynolds também eram muito sensíveis.

— Hum... — disse, limpando a garganta em seguida. — O outro é pra Valentina, vou entregar quando ela vier pra cá no Natal. Falei com ela ontem, a filha da mãe praticamente desligou na minha cara, porque tinha que estudar.

Valentina tinha sido aceita na Virginia Tech antes das férias e não só deixou um quarto vazio em casa, mas também uma cadeira vazia na mesa do refeitório. Ela ia no começo das férias, mas com o incidente acabou resolvendo ir no final para passar um tempo com Dylan. Foi no final de julho, mas não foi suficiente para poder se encontrar agora com Layla no começo das aulas, em setembro.

Nós sempre andamos os quatro juntos. No começo, Valentina só andava com a gente porque éramos pequenos e, por ser um ano mais velha, minha mãe pedia para ela sair conosco. Mas então ela e Layla se conheceram e viraram melhores amigas e, de repente, mamãe nem precisava mais pedir para que Valentina fosse junto. Nós éramos inseparáveis.

Layla fez uma careta, como se tivesse comido alguma coisa azeda e, em seguida, fez biquinho. Ela sempre faz isso quando quer pedir alguma coisa.

— O que você quer, Lola? — Dylan perguntou, se inclinando para trás e cruzando os braços.

— Precisamos de uma garota.

Fiquei surpreso por ela sugerir isso. Do jeito que é, se tentássemos convidar alguém para sentar no lugar da Valentina, ia ficar reclamando por semanas de como tivemos coragem de tentar "substituí-la".

— Eu quero uma garota — disse, agora mais firme. — Não se sintam ofendidos, eu amo muito vocês e a Val, mas precisamos de mais uma garota para eu não morrer nos sábados de pipoca. Somos dois meninos e uma menina, assim vocês sempre vão ganhar a votação.

Layla criou os sábados de pipoca quando tínhamos oito anos e Dylan teve a brilhante ideia de pular do telhado. A primeira vez que quebrou o braço. Naquele mês, o cinema perto de casa estava fazendo uma sessão aos sábados de *Star Wars*. Dylan era obcecado pela série, mas não podia sair do hospital com o braço do jeito que estava, então Layla trouxe o cinema para ele. Pegou os filmes na estante do quarto dele, gastou a mesada inteira com doces e salgados, e levou o cinema para o hospital. Apesar de odiar *Star Wars*, ela fez questão de que assistíssemos todos os sábados até que ele tivesse alta. Claro que, durante o filme inteiro, ela reclamava do quão insuportável era, mas todos os sábados lá estávamos nós espremidos no quarto de hospital. Quando teve alta, continuamos com os "sábados de pipoca", como ela gosta de chamar. Na minha opinião, é um nome bem idiota, mas tente dizer isso que ela troca seu sabão em barra por manteiga, e eu juro que você não vai conseguir ver a diferença. Experiência própria.

Apoiei a cabeça na minha mão.

— Você fala isso como quem quer um cachorro, Lola.

Ela nem ligou. Pegou o embrulho dos colares e o do sanduíche que estava comendo e os amassou, formando uma só bola grande de papel. Pegou o celular que estava em cima da mesa e o colocou no bolso de trás da calça jeans *boyfriend* rasgada.

— Levem isso como uma sugestão — respondeu Layla. — Ou um aviso. Preciso ir, vejo vocês na saída.

Ela tinha as duas últimas aulas de artes e, como era no outro prédio, costumava sair mais cedo do almoço para chegar lá a tempo. Ela e Dylan sempre tiveram jeito para essas coisas, ao contrário de mim, mas ele desistiu no começo daquele ano. Disse que era porque sentia como se aquilo só gastasse seu tempo, mas não sei dizer, parece ter simplesmente parado de fazer as coisas que amava. Pior, o que ele amava antes parecia ter desaparecido.

Quando vi que os cachos longos e negros de Layla não podiam ser mais vistos no refeitório, me voltei para Dylan, que encarava o sanduíche de peru pela metade em sua mão. Ele parecia estar concentrado, como se aquilo não fosse só um sanduíche, mas muito mais que isso. Quando notou que eu o encarava, desviou o olhar e depois voltou com um sorriso largo e bobo:

— Caramba. Como ela consegue comer tão rápido toda vez?

Dei de ombros.

— Mais um dom — deduzi.

Dylan riu, dando uma mordida grande no sanduíche.

— Ela é muito forte também, Dylan. Por que você não contou a verdade pra ela?

Seus olhos se encheram de lágrimas e, antes que começassem a escorrer, olhou de volta para o sanduíche.

— Eu não posso, tentei umas trezentas vezes só nesses últimos dias. Mas eu não consigo. Eu não consigo olhar pra ela e dizer o que fiz, é muito pra mim, Ryan. Ela pensa que foi apenas um acidente doméstico. E você sabe como ela é... — disse, jogando a cabeça na direção em que ela havia saído. — Eu partiria o coração da minha irmã, e eu não poderia me perdoar por isso.

— Às vezes, precisamos nos tornar vulneráveis para que os outros nos ajudem. Sou seu melhor amigo, porra! Desde que você saiu daquela merda de hospital, não fez nada para não precisar voltar pra lá, só que sem vida dessa vez. Eu poderia não ter te encontrado naquele dia... Puta merda, não gosto nem de pensar nessa possibilidade. Eu não vou estar aqui pra te salvar toda vez, Dylan, nem ela. Então você precisa fazer isso por você, precisa querer fazer isso. Porque, no final do dia, só você consegue sair daquela banheira. Então, pelo amor de Deus, deixa de ser um babaca e esqueça dos outros. Porque, se acontecer alguma coisa com você, sou eu que jamais poderei te perdoar. Ou me perdoar.

Levantei da mesa e saí, sem olhar para trás ou deixar a entender que estava tudo bem entre nós. Não estava... quer dizer, estava. Eu estava puto, mas é porque ele era meu melhor amigo e não sei o que eu faria sem ele, mas não estava de fato puto com ele a ponto de ignorá-lo por isso. Mas era o que ele iria achar, então não fiz com que ele pensasse o contrário. Às vezes você tem que chacoalhar alguém para fazê-lo entender a mensagem e começar a reagir de fato. Minha mãe sempre seguiu a filosofia de que, quando a pessoa está fora de si, você tem que dar um tapa na cara dela para que ela volte. Bom, se você me perguntar, acho uma teoria um pouco sádica e babaca, mas com ele eu apostaria todas as minhas cartas, até as que eu achasse inúteis. Pelo amor de Deus, Dylan, comece a reagir!

Ele praticamente se arrastou até as duas últimas aulas daquele dia. Estava lá, mas não inteiramente. Naquele ponto, seu estado não era novidade. Teve a última aula com a senhora Shaw, de cálculo — e, por chegar atrasado, teve que sentar na primeira carteira. Além de odiar sentar na frente, porque não gostava de chamar atenção, as aulas da senhora Shaw eram conhecidas como tempestades, principalmente para os alunos que sentavam na frente, que muitas vezes eram aconselhados a levar guarda-chuva.

Quando as aulas terminaram, ele foi direto para a frente do colégio, onde havia combinado de esperar Layla para voltarem juntos para casa. Quer dizer, eles não haviam combinado nada, mas era o que costumavam fazer.

Depois de longos quarenta minutos, não tendo nenhum sucesso toda vez que tentava ligar ou mandar mensagem para a irmã, sentou na calçada, jogando as mãos atrás da nuca que já estava quente com o sol forte. Olhou para o asfalto e viu um graveto ao seu lado, então o pegou e ficou brincando com algumas folhas secas no chão. Ficou ali por mais dez minutos, quando ouviu alguém murmurar um palavrão. Todos praticamente já haviam ido embora, os que ficavam eram para as aulas extras que já estavam acontecendo naquele momento. A escola normalmente esvaziava depois de vinte minutos que o sinal batia, mas aquele murmúrio não era de qualquer um. De qualquer uma.

Jade passou praticamente voando ao seu lado, deixando o cheiro de seu perfume de coco para trás. Seus cabelos, agora lisos de novo, voavam com o vento que soprava e... trazia a chuva? Havia começado a chover? Mas como? Há dez minutos estava um sol insuportável. Ele se levantou e foi atrás. Sabia o horário em que teriam que se encontrar e o endereço de sua casa, mas pensou em dizer que havia esquecido.

Não demorou para alcançá-la, apesar de a garota estar quase voando.

— Jade? — Ele a alcançou, ficando agora ao seu lado.

Ela olhou para ele, que mantinha a mesma velocidade de um jeito casual, como se não fizesse nenhum esforço.

— Oi, Dylan. Tudo bem?

— Sim, eu... hum... eu acabei de sair da escola também e pensei em te acompanhar.

Ela sorriu.

Seu cabelo longo estava totalmente encharcado, assim como seu vestido azul-turquesa e a jaqueta jeans que vestia. Ela parecia ter saído de um quadro, como se alguém tivesse pensado por horas em todas as suas características para torná-la perfeita.

Quando ela sorria daquele jeito delicado, um tipo de covinha aparecia abaixo de seu olho. Quem tinha uma covinha abaixo do olho?

— Sabe, olhei a previsão do tempo trezentas vezes. Eu sempre olho. Também sempre trago guarda-chuva, mas desta vez minha mochila estava muito cheia e aí, por ter olhado trezentas vezes a previsão do tempo, que falou que faria sol o dia inteiro, decidi deixar em casa.

Ela parecia frustrada enquanto andava com o passo apressado e mordia o lábio inferior. Dylan quis retratá-la em uma pintura. Não tinha essa vontade há muito tempo, mas achou injusto não haver supostamente nenhum quadro em que ela era a protagonista. Como sua mãe sempre lhe disse, há coisas na vida lindas demais para simplesmente não serem pintadas.

O dom artístico era algo herdado da mãe. Duas coisas que a senhora Reynolds mais amava em sua vida eram os seus filhos e a arte — mas, em seus olhos, os dois amores eram um só.

Pensou nas cores que usaria. Será que ainda sabia fazer isso? Usaria muito azul-turquesa e cinza. Porque era assim que ela parecia diante de seus olhos. Aquele cenário não podia ser melhor. Ela ali, no meio daquele dia em que as nuvens acinzentadas de repente tomaram o céu, expandia azul-turquesa no meio de toda aquela melancolia.

— Coincidência ou azar?

Ela riu.

— Com certeza, azar. Sem dúvida nenhuma. Sabia que eu nasci dia onze de janeiro? Mesmo dia em que Edward Aloysius Murphy.

Parou por um segundo e olhou para a garota que segurava a mochila em cima da cabeça, com um sorriso bobo no rosto. Ela parou também quando percebeu que ele não estava mais ao seu lado e, ao olhar para trás e vê-lo sorrindo, riu e desviou os olhos para o All Star preto de cano alto todo encharcado. "O que será que ele está pensando?", imaginou.

— Vamos, preciso chegar em casa em cinco minutos.

Ela continuou a andar, e ele fez o mesmo.

— Lei de Murphy, hum?

Ela riu.

— Acredite, sei que é bobo, mas isso realmente me assombra. Sou a pessoa mais azarada desse mundo, sou a lei de Murphy ambulante.

Agora foi a vez de Dylan rir.

Os cinco minutos até a casa dela poderiam ser resumidos nela contando o quanto era azarada com tudo. Falava bastante e parecia nem precisar recuperar o ar, mas ele não parecia se incomodar — na verdade, poderia ouvi-la o dia inteiro.

Assim que chegaram, Jade abaixou a mochila que antes segurava em cima de sua cabeça e olhou para o céu, que agora estava claro novamente, sem nenhuma nuvem carregada. Olhou de volta para ele e, com um sorriso sincero, disse:

— É disso que eu estou falando: basta eu chegar em casa que essa droga de chuva para. — Chutou a grama molhada. — Ah, tinha me esquecido! Que bom que nos cruzamos, precisava te avisar que não vou poder estar em casa às seis, então tudo bem se for no meu trabalho? Eu te passo o endereço por mensagem. Mas, claro, se você não se incomodar…

Dylan passou a mão nos cabelos ensopados e depois as colocou no bolso, dando de ombros.

— Claro. Nos vemos mais tarde então?

— Ótimo, combinado.

Ela se virou e digitou uma senha no controle embaixo da maçaneta, que fez a porta abrir. Mas, antes de entrar, Dylan a chamou:

— Ei, Murphy.

Jade deu um sorriso, acompanhado de uma risada, e então o dia ficou ensolarado de novo.

— O que foi? — respondeu suave.

— Você fica linda de azul.

Seu rosto corou.

E rosa. Ela ficava linda de rosa também.

Pintaria de tons de azul-turquesa, cinza e rosa.

* * *

Dylan olhou mais uma vez para a mensagem com o endereço que ela havia mandado. Piscou algumas vezes antes de tirar os olhos da tela e olhar novamente para a frente. Era o abrigo de animais marítimos. Ele nunca havia passado ali, porque era para o lado mais afastado de Portland, mas havia escutado a respeito e visto uma notícia ou outra. Então era ali que Jade trabalhava. Claro, a maioria dos adolescentes trabalhava em lanchonetes ou lojas do shopping, e era justo ali que eles se encontravam. De alguma forma, aquilo não o surpreendia muito.

Colocou o celular no bolso de trás da calça e empurrou a porta de vidro do abrigo, sendo pego de surpresa pelo ar-condicionado muito gelado. Atrás do balcão, uma mulher com o cabelo curto e grisalho lia um livro grosso, mas não parecia ser a quantidade de páginas que o deixara daquele jeito estufado, era quase como se ele tivesse sido molhado antes. Os livros eram sempre emprestados de Jade, que passava o dia inteiro lendo, até mesmo na piscina — devia pensar que eram à prova d'água. Ao ouvir os passos de Dylan, baixou o livro e sorriu de um jeito que parecia até mesmo que se conheciam.

— Oi, você deve ser o Dylan, certo?

A senhora estendeu sua mão cheia de rugas e unhas longas. Ele apertou delicadamente, como se aquela mão ossuda pudesse quebrar a qualquer instante. Ela lembrava Jade um pouco. Os olhos eram do mesmo tom cor de mel e, apesar da diferença de idade, o sorriso era exatamente o mesmo.

— Isso mesmo, senhora.

— Sou a avó de Jade, pode me chamar de Rosa. Só chamamos de "senhora" gente velha. Eu pareço velha pra você, garoto? — perguntou, com um sorriso grande no rosto. Com certeza era igualzinho ao da neta.

— Não, senhora... Quer dizer, Rosa!

Rosa riu do garoto, que acabou se juntando a ela.

A mulher pegou um crachá de dentro de uma das gavetas do galpão e entregou a Dylan.

— Precisa passar isso naquela porta ali — disse, virando-se e apontando para uma porta nos fundos.

Ele olhou para o crachá e assentiu.

— Muito obrigado, Rosa. Foi um prazer!

— O prazer foi todo meu, Dylan! — ela disse com um sorriso.

Levantou o livro da mesa e o colocou na frente do rosto, voltando à leitura.

Ele deu a volta pelo balcão e seguiu até a porta de aço no fundo. Ao lado dela, havia um sensor e um controle para abrir a porta por meio de senha; por ter o cartão na mão, imaginou que era só passá-lo no sensor, sem precisar se preocupar com alguma senha.

Quando a porta destravou, ele a empurrou com força, esperando que fosse tão pesada quanto imaginou. Quando ela saiu de sua frente, deparou-se com três grandes piscinas numa área externa. Ao se aproximar, viu que em uma delas havia um golfinho que Jade alimentava na borda de uma plataforma. Ela estava sentada em cima das duas pernas; com uma das mãos acariciava a cabeça do golfinho e com a outra lhe dava um peixe grande.

Seus cabelos molhados estavam presos em um rabo de cavalo baixo e ela usava uma roupa de mergulho de mangas e calças longas. Mesmo assim, não estava menos bonita do que quando a tinha visto de manhã.

Ao ouvir a porta se fechando, ela olhou com o mesmo sorriso grande.

— Desculpe, não queria atrapalhar.

— Tudo bem, já terminei com essa garotona aqui, não é mesmo? — perguntou ao golfinho, fazendo uma voz mais fina e doce, agora acariciando com as duas mãos.

Ela pegou mais um peixe no cooler atrás dela e arremessou do outro lado da piscina, para onde o golfinho saiu nadando o mais rápido possível. Então deixou o cooler em cima de um dos bancos ali ao lado de uma mochila vermelha e começou a baixar o zíper da roupa de mergulho.

Ao ver a parte de cima de seu biquíni cor-de-rosa, Dylan virou de costas como instinto. Por mais que quisesse vê-la daquele jeito, ele a respeitava. Além disso, ele tinha uma irmã também e não gostaria que qualquer garoto ficasse encarando daquele jeito. Ao vê-lo virar, Jade não conseguiu controlar um sorriso, que parecia maior dentro de seu peito.

— Pronto para estudar tudo sobre a cultura mexicana? — Ouviu o som de zíper se fechando. — Estou pronta.

Ele se virou, e a viu com uma blusa branca larga e longa, transparecendo seu biquíni, e um shorts jeans que quase não aparecia pelo comprimento da blusa. Tirou os cabelos molhados e agora soltos de dentro da blusa e sentou-se no chão à sua frente, esperando que ele fizesse o mesmo.

— Isso é incrível! — ele disse, sentando-se na frente de Jade e olhando ao redor.

O golfinho, único nas três piscinas, agora nadava calmamente de um lado para o outro.

— Espere até você ver as comidas mexicanas — riu, fazendo ele rir também.

Nas duas horas seguintes, os dois ficaram conversando sobre *mixiote* e *pozole*. Segundo ela, *mixiote* era um prato feito com carne temperada e enrolada em uma folha *maguey pulquero*, o preferido dela. Já o *pozole* era uma sopa feita de milho com carne, normalmente de porco ou galinha. Todo domingo seus pais faziam um almoço mexicano, tentando manter e ensinar a cultura para as filhas. Por ser bem familiarizada com esses pratos, eles os escolheram para apresentar no trabalho.

Era engraçado vê-la concentrada. Suas sobrancelhas franziam e ela mordia o lábio inferior toda vez que fazia uma pergunta em espanhol e esperava a resposta de Dylan. Às vezes, ele até demorava mais para responder só para ver aquela expressão no rosto dela.

— Me fala sobre você, Dylan.

Ele, que terminava de anotar a receita de *pozole*, desviou o olhar da folha e olhou para Jade. Seus cabelos já estavam quase secos, bem como sua blusa, ainda assim transparecendo um pouco do seu biquíni rosa.

— Quer dizer, você sabe muita coisa sobre mim, e eu não sei nadinha sobre você — ela continuou. — Você pode ser um serial-killer, pode ser qualquer um.

Dylan riu, tampando a caneta e a colocando de volta no estojo.

— Primeiramente, não tenho ficha criminal, e você é um pouco grandinha para o meu porta-malas.

— Ótimo, eu também grito bastante, então seria muito difícil pra você. Com certeza seria pego.

Riram.

Ele pensou um pouco antes de falar. Não tinha ideia do que falar, queria parecer interessante, mas nada vinha a sua cabeça que pudesse destacar. Então, por fim, deu de ombros e pensou o que diria para alguém que não fosse a garota mais linda que ele já havia visto.

— Eu tenho dois irmãos: Josh, de oito anos, e Layla, que é minha irmã gêmea. E nós sempre estamos juntos, não porque somos obrigados, quer dizer, somos, mas também adoramos a companhia um do outro.

Jade pareceu vinte vezes mais interessada ao ouvir a parte de Layla. Inclinou e apoiou o queixo na mão, ficando boquiaberta. Ele riu com a reação, já sabia que todo aquele interesse estaria focado na parte da Layla.

— Vocês pensam a mesma coisa?

— Sim, às vezes eu quero que ela passe a batata durante o jantar, mas nem preciso pedir que ela já passa.

Ela arregalou mais os olhos, ainda boquiaberta:

— Sério?

— Claro que não, Murphy, isso é puro mito! — disse, guardando o caderno dentro da mochila.

— Idiota! — Ela riu.

Quando o silêncio pairou entre eles depois de longos minutos rindo, a distância pareceu um castigo cruel. O vento soprava forte enquanto Jade tentava colocar uma mecha que voava na frente de seu rosto atrás da orelha, quando percebeu o que iria acontecer ali. Desviou o olhar dos olhos de Dylan e checou o relógio no pulso, que marcava oito e meia.

Ela não poderia deixar que aquilo acontecesse.

— Preciso fechar aqui e levar a minha vó pra casa.

Dylan colocou a mochila nas costas e levantou-se, sentindo o corpo doer por ficar tanto tempo sentado no piso duro. Sabia que mais alguns segundos ali com ela seriam suficientes para a distância ser quebrada, e ele finalmente sentir o gosto de seus lábios; então, quando ela se afastou, não só física, mas emocionalmente, ele ficou um tanto decepcionado e tentou entender o que tinha feito de errado. Jade pareceu não ter ficado tão confortável também quanto ao chão duro, porque fez uma careta quando se levantou, chegando a se desequilibrar um pouco.

— Muito obrigado, Murphy.

— De nadinha. Nos vemos na próxima semana então?

— Você tem meu número.
— E você, o meu.
Dylan assentiu.
— Boa noite, Murphy.
— Boa noite, Dylan.

CAPÍTULO 7

NUNCA SOZINHO

Olhei para seus olhos fixos na janela, onde a chuva batia forte. Seu lábio inferior tinha um corte. Sabia quem era o responsável por isso. Desci o olhar até seu antebraço direito e vi a cicatriz avermelhada. Aquela era de quando Dylan tinha apenas seis anos e não quis terminar de comer seus legumes no jantar: seu pai, impaciente depois de algumas cervejas, pressionou o cigarro no seu antebraço. Quando meus olhos voltaram para o rosto dele, vi um sorriso crescendo em seus lábios. Esse era Dylan. Ele andava vestindo suas cicatrizes internas e externas feitas por alguém que deveria amá-lo mais do que qualquer outra pessoa. Sempre com um sorriso inocente e sincero. Era quando ele estava sozinho que as coisas escureciam e seu sorriso desmanchava; sua mente era um lugar perigoso e estar sozinho nela era assustador.

— Você sabe o que aconteceu com ela?

Eu sabia de quem ele estava falando, então só neguei com a cabeça.

Eu sabia, e desta vez não era só Dylan quem eu estava protegendo, mas Jade também. Se alguém poderia responder àquela pergunta, esse alguém era somente ela. Mesmo sabendo de suas dores, só Jade poderia abrir seu coração e pedir para que entrassem e olhassem em volta. Mas, no fundo, queria contá-las. Queria apontar para todas as suas partes vazias e dizer para Dylan que aconteceria o mesmo se passasse em sua cabeça que seria conveniente ficar. Não tem como alguém quebrado concertar outra pessoa, quando suas próprias peças estão faltando. Era como tirar peças de um quebra-cabeça incompleto e tentar montar outro mais incompleto. No final, os dois acabariam mais vazios do que antes. Mas Dylan ficaria, mesmo sabendo de todos os riscos e defeitos. Para ele, não havia nada mais bonito que o caos. Jade carregava isso no peito.

— Quer jogar? — perguntei, apontando para os controles conectados na televisão.

— A energia, Ryan...

Sentado na cama, joguei meu corpo para trás. Estiquei minhas pernas e apoiei meus pés na janela, cruzando os braços na frente do corpo. Bufei alto. Encarei o teto branco.

Jeremy esqueceu de pagar a conta. Ele soube que não havia energia quando abriu a geladeira para pegar cerveja e a luz não acendeu. Mesmo assim, elas ainda estavam geladas, então ele só iria correr atrás da conta quando elas não estivessem mais.

— Você não gosta dela.

Não tirei os olhos da tinta branca, mas senti minhas mãos suarem. Não era verdade, eu amava Jade, mas não amava a ideia dos dois juntos. Ela iria machucá-lo. Não aconteceria o contrário, porque ela não permitiria. Então eu precisava pensar nele, porque Dylan não estava pensando.

— Eu gosto dela.

— Que bom. Eu também gosto.

Revirei os olhos. Sabia que Dylan havia dito aquilo para que eu me sentisse mal. Por ser seu melhor amigo, sua felicidade era o mais importante — não deixava de ser verdade e era exatamente por isso que eu não amava a ideia dos dois juntos. O quarto ficava a cada minuto mais escuro com a noite chegando, mas Dylan continuava na mesma posição olhando pela janela. Eu sabia que não havia nada que chamasse sua atenção naquela rua silenciosa com a lua brilhando no alto. Ele estava muito concentrado em outro lugar onde o céu era na verdade cabelos longos e a rua silenciosa, uma risada doce e calorosa. Quis puxá-lo de lá, mas sabia que nada o tiraria daquele momento.

— Será que é possível alguém me amar mesmo depois de tudo?

O quarto agora estava em silêncio. A chuva já havia parado e ele estava mal iluminado com o brilho da lua cheia e os postes da rua.

Endireitei minhas costas, apoiando o peso do meu corpo nos cotovelos. Não conseguia ver seu rosto, que ainda estava virado para a janela vendo a rua escura. Sua respiração estava lenta e calma. O movimento de seus ombros subindo e descendo era quase imperceptível. Olhei para a lua que brilhava forte ao seu lado.

A verdade é que não havia nada não amável em Dylan.

* * *

O sol brilhava forte no meu rosto, então franzia a testa para tentar enxergar melhor. Dylan abriu a porta do carro, e eu imitei seu gesto. Naquela manhã havíamos acordado às nove, com o alarme do celular dele. Sem me avisar aonde estávamos indo, tirou-me da cama.

— Aonde vamos?

Dylan apoiou o braço na porta do carro e sorriu.

— Nenhum lugar. Qualquer lugar.

— Você entende que isso não ajudou nem um pouco, né?

Ele riu e, sem dizer mais nada, entrou no carro.

Olhava pela janela enquanto saíamos do nosso bairro. Os carros passavam rapidamente, todos nos ultrapassando. Dylan nunca foi de dirigir em alta velocidade, mas hoje, particularmente, ele parecia muito mais devagar do que o normal. O carro de trás buzinou e nos ultrapassou quando Dylan demorou para andar depois de o sinal ficar verde. O homem de barba longa, de aparência asquerosa e tatuagens no braço, abriu a janela e mostrou o dedo do meio para nós. Olhei para Dylan, mas ele parecia não se afetar. Nem deve ter percebido.

— Você não vai me dizer mesmo aonde estamos indo?

Já estávamos na estrada. Ele agora dirigia um pouco mais rápido. Sua janela estava aberta e seu braço apoiado para fora. Sua cabeça balançava conforme a batida da música que não percebi estar tocando até aquele momento.

— Não estamos indo a lugar nenhum. Só queria sair de casa e dirigir um pouco por aí. Sair sem destino pareceu conveniente.

Abri a janela também. Sabia o que aquilo significava: ele queria escapar por alguns minutos daquela casa e de todo o caos. Então tentei fazer de tudo para que ele esquecesse, para que fôssemos só nós dois na estrada sozinhos, indo para todos os lugares e ao mesmo tempo para nenhum.

Quando estávamos dando meia-volta e a lua já iluminava a estrada, fechei a janela que deixava o vento frio soprar no meu rosto e olhei para Dylan. Fiquei surpreso ao notar que o céu já havia escurecido e que tínhamos ficado o dia inteiro vagando por aí.

— Você não precisa fazer isso, não hoje. Podemos dar meia-volta, voltar para a estrada e ficar dirigindo até amanhecer. Ou você pode dormir em casa hoje. Você não precisa fazer isso hoje, Dylan.

Ele parou na frente da minha casa, mas não desligou o carro nem tirou o cinto. Olhei para ele, que não demonstrava nenhum indício de que sairia dali.

— Eu preciso, mas tudo bem, não é como se eu estivesse fazendo sozinho — ele sorriu.

Sorri.

— Não — neguei com a cabeça. — Nunca sozinho. Boa noite, Dylan.

Vi o carro dele se afastar, desaparecendo na escuridão. Mas, naquela noite, Dylan não voltava sozinho para casa. No final das contas, nunca esteve.

CAPÍTULO 8

OS CONVITES

— Não acredito que as duas princesas não me contaram! — gritou no meio da cafeteria.

Depois do grito de Layla, Dylan e eu olhamos para os lados, checando se todo mundo ali estava nos olhando. Alarme falso: nem se aquela escola estivesse pegando fogo aquelas pessoas prestariam atenção em volta.

Agora nós nos olhávamos. O que ela sabia que deveríamos ter contado? Será que ela havia descoberto o que realmente acontecera? Ela jogou o jornal da escola em cima da mesa. Dylan pegou e leu a manchete. Olhou para mim aliviado assim que terminou e passou o jornal.

— Não sabia que você queria tanto ir para o baile de inverno, Lola. Layla sentou na nossa frente, parecendo extremante chocada.

— Bem, eu provavelmente vou ter que ficar tirando as fotos para a escola, mas vocês sabem que eu gosto de um vestido brega e músicas ultrapassadas. Sem falar do ponche batizado com aquela merda que James coloca. Sério, que porra é aquela? Deve ser gasolina.

Antes que pudéssemos dizer alguma coisa, Jade apareceu atrás de Layla, segurando forte nas alças da mochila. De repente, a conversa do baile parecia ainda menos interessante para Dylan.

Seus cabelos estavam separados em duas tranças longas e cheias de mechas soltas, e ela tinha um sorriso envergonhado no rosto.

— Oi, não queria atrapalhar...

Seus olhos foram parar nos meus, e um sorriso aumentou, parecendo um pouco menos nervosa.

— Ah, oi, Ryan!

— Oi, Jade! — sorri, acenando brevemente com a mão.

Ao ouvir, Layla virou para trás, curiosa. Parecia uma coruja virando a cabeça em um ângulo de cento e oitenta graus.

— Só queria saber como foi o trabalho de espanhol.

Todos olharam para Dylan, Layla com uma sobrancelha levantada. Todos nós ali — menos Jade — sabíamos que a última pessoa que precisaria de ajuda em espanhol seria ele. Ele nem mesmo fazia espanhol, podendo substituir o professor se precisasse.

Dylan limpou a garganta.

— Foi bem, fui superbem.

Layla olhou para Dylan e depois para Jade de novo. Deveríamos todos criar uma regra: quando estamos com outra pessoa, Layla tinha que ficar com uma fita na boca para não escapar nada.

— Sou Layla — disse, estendendo a mão, que Jade apertou e sorriu. — Mas você pode me chamar de Lola.

Layla virou de costas e dirigiu-se a nós.

— Podemos ficar com ela? Por que ninguém me contou sobre ela?

Jade não entendeu o que estava acontecendo, mas riu do comentário. Entende quando eu falo sobre a fita na boca?

Dylan olhou para ela ali em pé e voltou-se para a irmã:

— Comporte-se!

— Isso é uma condição? Ok, sim, senhor, irei me comportar. — Virou-se de novo. — Quer sentar com a gente?

Jade abriu a boca, como se fosse dizer algo, olhou para a saída da cafeteria, mas voltou, sentando-se ao lado de Layla e colocando sua bandeja na mesa junto com as nossas.

Parecia um pouco envergonhada pela tensão nos seus ombros, mas tentou relaxar enquanto olhava Layla descascar sua tangerina.

— Vocês são realmente bem parecidos.

Layla sorriu.

— Sou mais bonita.

Dylan jogou a caixinha de suco vazia e acertou nela, que resmungou, fazendo Jade rir. Ao ouvir sua risada, sorriu também. Layla observou como o irmão olhava para aquela garota: como se fosse a única ali. Para ele, realmente era.

— Que foto bonita! — Layla comentou.

Jade olhou para a foto que aparecia na sua pasta transparente em cima da mesa. Era um dos golfinhos com que ela estava trabalhando, Lubs. Alguns pescadores tentaram capturá-la e, apesar de não conseguirem, ficou extremamente ferida. Acabou se separando da família durante a tentativa de captura e foi encontrada em uma expedição promovida pelo abrigo. Eles nunca ficavam com os animais, e o tempo era extremamente sagrado: se os animais ficassem muito tempo ali, não iriam conseguir se acostumar com o mar de novo. Viver em uma piscina não era opção para o abrigo.

— Obrigada.

— Você quem tirou?

Jade negou com a cabeça.

— O fotógrafo do abrigo em que trabalho — disse, tirando a foto da pasta. — Estávamos fotografando para colocar no site e arrecadar doações, mas ele aceitou uma oferta de trabalho de uma ONG na Austrália.

A foto era realmente boa. Lubs parecia sorrir para a foto com seus dentinhos pequenos e afiados, como se posasse.

— Layla é muito boa com a câmera. Fez um curso na África do Sul, acabou de voltar, na verdade — disse Dylan, sorrindo para a irmã, que retribuiu um pouco envergonhada.

— Meu Deus, você deve ser muito boa então! — exclamou Jade, arregalando os olhos.

Layla balançou a cabeça, tentando não fazer muito caso.

— Se você quiser trabalhar no abrigo, eu posso te indicar — disse Jade, animada.

— Nossa! Quer dizer... Se você puder, eu agradeceria muito.

— Claro, eu ia amar! — Sorriu.

A irmã de Dylan pegou o caderno de geometria e uma caneta que estava jogada dentro da mochila, então anotou seu celular com letra perfeita, colocando um coração ao lado de "Lola". Rasgou o papel em uma tirinha só e entregou.

— Você pode me mandar uma mensagem.

— Vou mandar. Sério, Lola, muito obrigada mesmo — respondeu Jade, olhando o papel.

— O prazer é todo meu!

Layla olhou para nós dois e se ajeitou na cadeira, puxando a manga do moletom cinza que escorregava pelo seu ombro nu. Eu sabia o que isso significava, aquele olhar. Ela com certeza tinha acabado de tomar uma decisão que sabia que provavelmente não apoiaríamos.

— Esse sábado vamos assistir a uns filmes na casa do Ryan. Quer vir?

Dylan olhou para mim surpreso, depois se voltou para Jade.

— É, você deveria vir. Assim Lola pode ter alguma chance de assistir ao *Sharknado*.

Ela não contou sobre os "sábados de pipoca", mas falou que teríamos um compromisso no sábado e que ela estaria convidada, o que era um passo enorme. Não é como se convidássemos qualquer um para o sábado de pipoca, quer dizer, nunca havíamos convidado ninguém. Talvez fosse porque Valentina não estava mais ali, ou talvez porque algo em Jade era reconfortante. Era como se, por estar perto, você pudesse ver as boas intenções em seus olhos cor de mel. Era como se, apesar de ser um poço profundo de segredos, fosse um livro aberto ao mesmo tempo.

Jade a olhou, quase como se não tivesse entendido o que havia acabado de ouvir, como se precisasse que repetisse mais uma vez para ter certeza de que era aquilo mesmo.

Desde que tudo havia acontecido no ano retrasado, Jade perdera muitos dos seus amigos. Quer dizer, muitos que diziam ser seus amigos e a cumprimentavam no corredor às vezes mandavam mensagens ainda dizendo como ela era importante, mas ao mesmo tempo pareciam querer manter uma certa distância. Não era mais convidada para festas ou para ir à casa dos outros, principalmente porque nunca comparecia. É muito mais difícil se divertir quando você tem que se esforçar para isso. Mas lá estavam os três, olhando-a como não acontecia há muito tempo: uma garota comum. Será que eles sabiam o que havia acontecido? Quer dizer, com certeza sabiam, todo mundo sabia, mas será que sabiam que ela tinha algo a ver com aquilo? Eu sabia, e ela sabia disso por causa do grupo de apoio, mas não sabia se eu havia contado. Não queria, aliás. Não queria que soubéssemos, queria que esquecessem quem era, talvez assim ela pudesse esquecer também.

— Claro, eu adoraria.

Jade sorriu, animada. Tinha ido até aquela mesa só para saber sobre o trabalho de espanhol e saiu com uma nova fotógrafa e um compromisso no sábado. Seus pais não acreditariam quando contasse que ia sair. Não chegava em casa com uma novidade dessas há mais ou menos dois anos.

De repente, com aquele sorriso do outro lado da mesa, os sábados de pipoca ficaram muito mais interessantes para Dylan.

* * *

Jade chegou do abrigo bem em cima da hora do jantar, conseguiu tomar um banho rápido e desceu para comer com a família. Ao descer as escadas, encontrou seus pais colocando a mesa enquanto Jasmin estava concentrada assistindo ao musical *Cats* na televisão. Seus pais haviam comprado o DVD quando Jade era pequena, e ela passou a maior parte da sua infância cantando. Não foi diferente quando a irmã nasceu, quatro anos atrás.

Jade foi direto para a sala, onde Jasmin estava sentada no tapete. A garota tinha mania de ficar sentada no chão, ignorava completamente os sofás.

— Oi, princesa — ela disse, dando um beijo no topo cabeça da irmã.

— Oi, Bee — respondeu a caçula.

Jogou os braços ao redor do pescoço da irmã ao vê-la. Jade a carregou no colo e sentou-se no sofá. Pegou os elásticos que tinha colocado no bolso da calça jeans quando desceu, sabendo que iria prender o cabelo de Jas.

Desde a última vez que foi parar no hospital, por conta de abelhas, Jas a apelidou de Bee. Todos que eram próximos a chamavam assim — bom, nem tantos nos últimos dois anos.

Jade sempre prendia o cabelo da irmã antes do jantar, pois a pequena fazia muita sujeira para comer, deixando cair comida no cabelo, ou vice-versa. Fez duas tranças. O punho entrava quase inteiro na boca enquanto estava concentrada na televisão. Apertou-a forte contra o peito. Sem hesitar, diria que Jas era a melhor coisa que havia acontecido em sua vida.

— Meninas, venham comer.

Foram para a sala, onde os pais já estavam sentados. Sua mãe fez macarrão à bolonhesa e, só de sentir aquele cheiro delicioso, a barriga roncou. Tinha ido depois da escola para a casa de Taylor Parker e só saiu de lá às quatro, quando terminou o trabalho de células eucariontes.

Taylor era a garota nova vinda de Nova Jersey, cabelos ruivos, olhos grandes e castanhos, com um sotaque forte. Assim que ouviu seu nome e não reconheceu, levando em conta que estudou com mais da metade daquela escola desde que usava fraldas, correu para ter certeza de que poderia ser sua dupla antes que Alex chegasse primeiro: ele e aquele chiclete de menta que sempre estava na sua boca andavam pelos corredores da escola tentando recordar quem ainda não tinha levado para a cama para atacar sua nova presa. E é claro que seus olhos caíram logo na dona dos cabelos ruivos quando a viu do outro lado da sala e, como Jade, não a reconheceu.

Não tinha a menor chance de Jade fazer o trabalho com outra pessoa que não fosse Taylor. Quer dizer, não é como se ela estivesse tão interessada na garota de Nova Jersey, mas as chances de ela não saber o que houve no inverno retrasado eram de cem por cento. Não acabariam vindo perguntas inconvenientes ou olhares constrangedores, ou seja, o que ela menos precisava.

Depois disso, foi direto para o abrigo, e não lembrava de ter comido outra coisa além do mingau vegano que a mãe de Taylor preparou — e que você já deve imaginar o quão "gostoso" estava. Só de lembrar, sentiu o estômago revirar e agradeceu mentalmente pelo macarrão à sua frente.

Já estavam na metade do jantar, Jas já tinha usado todas as palavras do seu vocabulário e contado sobre ter jogado ervilhas de seu lanche em um dos seus colegas, avisando que a diretoria provavelmente ligaria, quando o assunto voltou para Jade e seu trabalho com Taylor. Sabia que tocariam naquele assunto e, principalmente, o quanto tinham esperanças de ter gostado da garota o suficiente para não só fazer esse trabalho com ela, mas também dar uma volta no shopping ou algo do tipo. Quer dizer, Taylor era divertida, e seu vestido verde combinava com seus cabelos ruivos e sua risada engraçada que parecia rolar no ar assim que saía de seus lábios vermelhos. Talvez pudesse sair com ela para ir ao shopping no final de semana, principalmente por ela não ter ideia sobre o passado de Jade, que era motivo de fofoca naquele colégio. Mas aquela notícia não os deixaria tão animados quanto saber do compromisso no sábado. Porque, pela primeira vez em muito tempo, aquilo não tinha nada a ver com pena. Nós não havíamos convidado Jade porque achamos que ela estava muito triste e ficamos com pena de toda sua história comovente. Dylan e Layla não tinham a menor ideia do que havia acontecido. Convidamos porque queríamos que ela estivesse lá, só ela, não seu passado presente em seus olhos tristes. Na verdade, se você não olhasse com tanta atenção, nem notaria que ela estava ali. A tristeza.

— Taylor é vegana, comi um mingau péssimo lá.

— O que é vegana? — a irmãzinha perguntou.

— Ela é legal? — seu pai perguntou.

Jade se distraiu por alguns segundos com sua mãe cortando o macarrão para Jasmin, mas logo voltou a atenção para seu pai quando o viu esperando pela resposta. O ponteiro do relógio contava os segundos na sala.

— Sim — respondeu, sem nem mesmo lembrar da pergunta. — Aliás, queria saber se eu podia sair no sábado à noite...

Daniel e Isabel pararam de comer e se entreolharam boquiabertos. Até mesmo a pequena, que pegava o macarrão recém-cortado com as mãos, ficou com o punho dentro da boca sem se mexer.

— Pai? Mãe? Eu posso?

Entreolharam-se mais uma vez, antes de concordar. Voltaram a enrolar o macarrão no garfo, tentando não agir como se aquela fosse a primeira vez em dois anos. Não queriam exagerar e fazer com que acabasse mudando de ideia, então tentaram agir naturalmente.

— Claro.

Jade olhou para os dois, um pouco confusa. Jasmin ainda tinha o punho dentro da boca com uma nova leva de macarrão.

— Vocês não vão perguntar com quem eu vou sair? Eu poderia estar saindo com um bando de drogados.

— Você vai sair com um bando de drogados? — Isabel perguntou.

— Não, claro que não.

— Ótimo, filha.

Daniel estendeu a mão pela mesa até alcançar a mão de Jade. Segurou e sorriu, cheio de orgulho e emoção. Jade retribuiu o sorriso, apertando sua mão.

— Tudo bem se eu sair depois do banho da Jas para comprar shampoo e condicionador? Sei que está tarde, mas, se eu for deixar para amanhã, vou esquecer.

— Claro, querida.

— Obrigada, pai.

Depois de dar banho em uma certa Jasmin lotada de macarrão até dentro da calça, Jade trocou a blusa encharcada e pegou as chaves do Jeep amarelo.

Quando Jas nasceu, a irmã mais velha sempre queria ajudar na hora do banho. No começo, por ser muito pequena, Daniel e Isabel davam o banho e ela só ajudava com coisas do tipo "passar o shampoo" ou "secar com a toalhinha". Ela cresceu e continuou dando banho na irmã, agora sem a supervisão dos pais. Jas sempre fica muito animada na hora do banho em companhia de sua irmã, principalmente durante a semana. Isso porque Jade quase nunca estava em casa, ou ficava até tarde na escola estudando, ou no abrigo. Principalmente nos últimos anos, já que ela estava na reta final e pretendia conseguir cem por cento de bolsa. Não que o dinheiro fosse problema, não era o que faltava para os De La Cruz, mas ela queria entrar por mérito, e não porque os pais estavam pagando.

A farmácia não era muito longe, talvez uns quinze minutos dali. Ligou o rádio praticamente no máximo assim que entrou no carro. Sua mãe quase nunca ouvia música no carro, porque achava que distraía o motorista, e seu pai só ouvia Nirvana. Agora, quando os dois estavam no mesmo carro e não era Isabel dirigindo, ouviam só musicais da Broadway. Então, obviamente, ela tentava aproveitar quando não estava no carro com os dois.

Seu bairro era um dos mais nobres da cidade. Não era de surpreender que Liberty, a escola fundada pelos seus avós, ficava a cinco minutos dali. Apesar das casas grandiosas, no limite do bairro havia as mais simples. Alguns alunos da Liberty moravam ali também, mas esses abriam mão de carros caros e viagens três vezes ao ano para poder pagar a matrícula. Outros tinham bolsa, que era o caso dos Reynolds: o que o pai tinha de burro, os filhos tinham de inteligentes. Jeremy era policial, não ganhava muito; e, apesar de Katherine ter sido professora por muito tempo, teve que largar o emprego quando o marido a acusou insistentemente de ter um caso com o diretor. Não passavam fome, mas dependiam da bolsa para estudar na Liberty, a melhor escola da cidade.

Jade passava agora pelas casas mais simples, quando se aproximou de uma cujo jardim era coberto de rosas de um vermelho escuro, como se fosse um mar prestes a engolir quem se aproximasse. Mas não foi aquilo que chamou sua atenção, levando em conta que sempre passava por ali a caminho do abrigo. O que chamou sua atenção foi ver, graças aos faróis de seu carro, um menino na frente daquela casa, em pé com as mãos apoiadas na perna, enquanto parecia tentar recuperar a respiração e chorava descontroladamente. Ela ajeitou seus óculos e baixou a música, tentando prestar mais atenção no garoto enquanto diminuía a velocidade. Ele parecia pequeno e, quando viu o carro quase parando, levantou a cabeça. Ela não se deparou apenas com olhos que transbordavam tristeza e lágrimas, mas escorria sangue pelo seu rosto vindo de um corte em sua testa. Ao ver o sangue, parou imediatamente o carro e foi em direção ao garoto. Na verdade, nem pensou, simplesmente saltou do carro.

Colocou levemente as mãos em seus braços, tentando olhar seu rosto.

— Ei, você está bem? O que aconteceu?

Ela pegou a manga de seu moletom e passou em seu rosto, limpando o sangue que escorria. Ele soluçava tanto que, mesmo se tentasse dizer alguma coisa, Jade não entenderia. Percebendo que o garoto não estava em condições de contar o que havia acontecido, começou a fazer perguntas que ele conseguiria responder apenas com um movimento da cabeça.

— Você se machucou sozinho?

Pelo jeito que ele se encontrava, já sabia a resposta, mas mesmo assim fez a pergunta para se certificar.

Ele negou com a cabeça.

— Foi alguém da sua casa?

Ele assentiu.

— Preciso que você me diga o seu nome para eu poder te ajudar.

Antes que o garoto pudesse responder, a porta da casa foi aberta, e o coração dos dois praticamente parou na garganta antes de verem quem era. Ela não acreditou quando viu Dylan saindo da casa, e ele não acreditou quando a viu com Josh. Não sabia ao certo se ficava surpreso por vê-la, ou extremamente desapontado por saber que agora ela tinha tido contato com parte de sua vida, e que talvez jamais quisesse contato com ele de novo depois de presenciar aquela cena.

— Josh? — disse agora, ao lado de quem supostamente deveria ser seu irmão.

Ela se lembrou da conversa no abrigo, quando Dylan contou que tinha mais dois irmãos, e que o mais novo se chamava Josh. Aquele garoto ali chorando e sangrando, lutando para conseguir respirar, não era "supostamente" seu irmão: com certeza era seu irmão.

Os cabelos de Dylan pingavam enquanto examinava o rosto do irmão, curvando-se para ficar da mesma altura.

— Desculpe, Josh, eu estava tomando banho, eu só ouvi quando ele já tinha... — Abraçou o irmão, que afundou o rosto em seu peito, chorando ainda mais do que antes.

Algo atirado de dentro da casa, contra a janela, fez com que Jade pulasse de susto. O barulho alto não pareceu abalar os irmãos — que na verdade estavam acostumados, tamanha a indiferença, quando o que parecia ser um porta-retratos quebrou a janela e caiu no meio das rosas. Não só eles, mas a vizinhança inteira parecia estar acostumada com aquilo, porque logo os gritos ficaram ainda mais altos, mas ninguém saiu de casa para ver o que estava acontecendo. Ninguém fazia nada, era como se ninguém morasse naquela rua, como se houvesse uma bolha em volta da casa que abafasse os gritos e os barulhos de tudo que era atirado contra janelas e paredes.

Josh se afastou do irmão e, com o rosto vermelho e a fala sendo interrompida pelos soluços, implorou:

— Eu não quero voltar para lá, por favor, vamos embora, eu não quero mais ficar aqui. Eu estou com medo — estava trêmulo, assim como sua voz.

Ao ver o desespero tomando conta do menino só de pensar em voltar para lá, Jade sentiu seus olhos transbordarem de lágrimas.

— Eu não posso, você sabe disso. Não posso deixar mamãe sozinha aqui.

Ela olhou para a casa e, novamente sem pensar, falou:

— Eu fico com ele. Você entra e se certifica de que está tudo bem, enquanto eu fico com ele.

Dylan ficou sem saber o que responder. Quer dizer, queria aceitar a proposta pensando no irmão, mas não queria envolvê-la ou incomodá-la com a bagunça que ele chamava de "vida".

— Está tudo bem, deixe ele comigo — ela insistiu, vendo a incerteza tomar conta de seus olhos.

Ele olhou para Josh, que ainda estava com dificuldades para respirar devido ao choro, e assentiu.

— E Lola? Onde ela está? — Jade perguntou, pegando na mão de Josh.

Dylan levantou-se, negando com a cabeça.

— Ela saiu antes de tudo começar, foi revelar algumas fotos. Ela vai demorar ainda.

— Se ela quiser respirar um pouco, vocês dois têm o meu número para o que precisarem.

— Muito obrigado. Eu...

— Não. Por favor, não precisa me agradecer.

Ela colocou Josh no banco de trás, apertou o cinto de segurança, pisou no acelerador, sentindo o coração bater tão rápido que era como se pudesse saltar a qualquer instante de seu peito.

Ela precisava que seus pais achassem que estava em casa. Apesar de querer contar para eles e pedir ajuda, sabia que não podia tomar nenhuma decisão sem primeiro falar com o amigo. Então parou o carro a algumas casas antes da sua, para não chamar atenção com o barulho do motor, e prometeu para Josh que voltaria o mais rápido possível.

Entrou em casa e subiu até o quarto dos pais, que liam na cama. Estava parada na frente da porta, mas eles estavam tão concentrados nos livros que não perceberam que ela estava ali. Sua mãe tinha a cabeça apoiada no peito de seu pai, enquanto ele passava as mãos pelos cabelos castanhos dela, e só parava para mudar a página ou para beijar de vez em quando o topo de sua cabeça. Agradeceu milhões de vezes ao ver aquela cena, porque sabia que a realidade de muitos era diferente, e não poderia estar mais grata por aquele ser o cenário que ela encontrava quando chegava em casa.

Bateu de leve na porta já aberta, anunciando que estava ali.

— Ah, querida, conseguiu comprar o shampoo e o condicionador? — seu pai perguntou, abaixando o livro e olhando para a filha.

— Sim, consegui. — Sentiu-se mal por mentir, já que aquilo era algo que nunca fazia, principalmente para os pais, mas tentou se lembrar do motivo. — Estou indo dormir, então. Boa noite, amo vocês!

— Amamos você também, filha!

Jade fechou a porta e, antes de ir para seu quarto, deu um beijo na testa de Jas que dormia.

Chegando em seu quarto, pegou um sacolão de viagem e colocou travesseiros, cobertores, curativos, álcool e remédios. Pegou a roupa que usaria no dia seguinte para ir à escola e a mochila, que havia arrumado depois de sair do banho. Escreveu um bilhete para a mãe dizendo que havia saído mais cedo para ir para a escola, e pegou um kit de avião que tinha de sua última viagem.

Pensou em sair pela janela, mas seu quarto ficava no segundo andar e provavelmente quebraria algum osso do jeito que era "sortuda". Então saiu do quarto e tentou descer as escadas fazendo o mínimo de barulho possível.

Assim que chegou no carro, colocou tudo no banco e acelerou.

Suas mãos tremiam enquanto as pressionava no volante. E, enquanto olhava sem parar para Josh pelo espelho do carro, tentou disfarçar o nervosismo.

Não fazia ideia de que Dylan passava por aquilo. Quer dizer, sabia que tinha algo de errado — porque, se não tivesse, não o teria encontrado no consultório do doutor McDonald —, mas jamais imaginaria aquilo. Talvez porque era o tipo de situação que só se via em filmes ou em livros, muito distante da sua realidade.

Josh estava com a cabeça apoiada na janela, enquanto via os carros. Sua testa estava coberta de sangue, bem como sua bochecha. Jade olhou para a manga do moletom manchada e fez uma nota mental de que precisaria lavar. Ele não chorava mais, mas seus olhos e nariz ainda estavam bem vermelhos.

O abrigo era um pouco longe dali, talvez meia hora sem trânsito.

Ao chegar, abriu a porta e os dois subiram para o último andar, onde ficavam os escritórios e uma cozinha. Não sabia se Josh estava com fome ou não, mas achou que um chocolate quente não seria uma má ideia. Então, antes de ir para o escritório de sua mãe, parou na cozinha e preparou um na máquina.

O escritório da sua mãe era o maior, por ser a dona do abrigo, então seria o melhor lugar para os dois dormirem. Josh poderia dormir no sofá e ela no chão, em um dos edredons que trouxera.

Pediu para que ele se sentasse no sofá, enquanto esvaziava o sacolão.

Antes de passar o algodão molhado com álcool em sua testa, examinou seu rosto. Ele era bem pequeno e parecia muito triste. Agora podia ver o quanto era parecido com os irmãos, com exceção dos olhos castanhos que pareciam mais claros.

Deu a caneca de chocolate quente para ele e começou limpando o sangue seco em seu rosto. Molhou um algodão novo com mais álcool e, antes que passasse no corte, avisou que aquilo poderia arder um pouco. Quando colocou o algodão molhado no ferimento, ele não reclamou ou se moveu, mas seus olhos começaram a lacrimejar de novo. Jade se perguntava se as lágrimas eram realmente por conta do álcool, mas deixou que a dúvida flutuasse no silêncio da sala, sem ser de fato dita.

Quando terminou o curativo em sua testa, limpou as lágrimas que escorria com o polegar.

— Você é um menino extremamente corajoso.

Ele tirou os olhos da caneca agora vazia e olhou para Jade. Ela engoliu o choro, porque sabia que precisava ser forte, mas partia seu coração vê-lo daquele jeito.

— Eu estava rindo, por isso ele ficou bravo. Ele estava assistindo ao futebol, e eu estava rindo muito alto, porque mamãe estava fazendo cócegas em mim. Por isso ele jogou o controle em mim.

Jade não soube o que dizer, porque nunca precisou dizer nada antes, nunca precisou nem pensar no assunto. Apesar de muitas vezes não dizer, sempre tinha muito a falar, e agora, que precisava realmente dizer algo que pudesse ajudar pelo menos um pouco, não sabia o quê. Deixou a gaze de lado, pegou a caneca vazia dele e a colocou no chão, ao seu lado. Ela então pegou na mão do menino, e a segurou forte.

— Foi minha culpa... É minha culpa que agora ele está batendo e gritando com a minha mãe. — Ele levou a mão até o curativo e soltou um gemido de dor. — Eu provavelmente vou ficar com uma cicatriz, não vou? Eu vou ficar horrível.

— Não. Você não vai ficar horrível. Quer saber por quê? Toda vez que você ganha uma cicatriz aqui — disse, colocando a palma da mão no coração dele —, ou aqui — continuou, contornando o rosto do menino com a ponta do indicador —, é como se você ganhasse uma estrelinha. Fecha os olhinhos.

Josh obedeceu.

— Imagine um céu, mas sem nenhuma estrelinha. Pronto. Agora imagine um céu cheio de estrelinhas. Pode abrir os olhinhos.

Ele abriu os olhos, que transbordavam.

— Você é um céu estrelado, e ganhar essas estrelinhas dói. Acredite, eu sei como dói. Mas, olhe, os céus mais bonitos são os mais estrelados.

Ele afundou o rosto em seu peito e chorou o que ainda lhe faltava para chorar. Assim que se acalmou um pouco, Jade arrumou o sofá com travesseiros e cobertas. Estendeu um edredom no chão do escritório, colocou um travesseiro e se cobriu.

Os dois olhavam para a janela grande de vidro. A lua cheia iluminava a sala, e Josh sorriu ao ver as estrelas.

Jade só pegou no sono madrugada adentro, quando ouviu a respiração dele ficar mais pesada, tendo certeza de que estava dormindo.

Pouco antes de cair no sono, lembrou-se do rosto de Dylan quando a viu. Não estava apenas surpreso, mas parecia extremamente humilhado. Pensou que talvez ele achasse que ela não ia mais querer vê-lo depois de tudo. Sabia que, apesar de extremamente cruel, muitas pessoas evitariam. Mas Jade era diferente. Ela não ligava se Dylan tinha um pai totalmente desequilibrado. Sabia que, por toda essa experiência, ele era uma pessoa muito melhor. Dylan era um céu estrelado, e não há nada mais bonito que isso. Ela não iria embora, aquilo só lhe dava mais um motivo para querer ficar.

* * *

— Diga que você não sequestrou essa criança.

Jade olhou para trás e tomou um susto ao ver sua avó Rosa segurando um livro na frente do rosto. Era um dos romances de Nicolas Sparks que Jade havia indicado. Sua avó era fã de romances e lia todos que podia. O livro daquele dia era *Um amor para recordar*, que havia lhe dado semana passada. Encontrou o livro debaixo da cama, enquanto limpava o quarto.

Jade olhou para Josh, que tinha o rosto um pouco inchado de tanto chorar na noite anterior.

Ela havia colocado o despertador para uma hora antes do que o normal, para ter tempo de levá-lo para casa e ir para a escola. Havia trocado o curativo quando acordaram, mas ele ainda estava de pijama, por não ter pego nenhuma muda de roupa quando saíram às pressas.

— Não sequestrei a criança.

Sua avó abaixo o livro da frente do rosto e levantou uma sobrancelha.

— *Yo no lo secuestré, pero mamá y papá no pueden saber que estuve aquí con él* — disse Jade.

Rosa fez aquela cara em que não só se levanta a sobrancelha, mas franze o cenho. A famosa cara de reprovação.

Sabia que, se seus pais soubessem, iriam envolver a polícia — e não é que não concordasse com isso, mas não queria tomar nenhuma decisão antes de falar com Dylan. Talvez ele até tivesse chamado a polícia no dia anterior.

— Por favor, *abuela*!

Rosa, ainda com a expressão no rosto, levantou o livro e voltou a sua atenção para o drama adolescente à sua frente. O de Nicholas Sparks, digo.

Jade olhou para Josh e acenou para a porta.

O caminho foi totalmente diferente do dia anterior. Josh ficou o tempo todo contando sobre dinossauros e sobre ele querer ser veterinário de dinossauros quando crescesse. Ela riu, mas nem pensou na possibilidade de dizer que aquilo não era possível. Em uma vida em que a criança cresce em um lar tão tóxico, que mal faz acreditar em veterinário de dinossauros?

Quando chegou na casa de Dylan, ele já estava esperando. Suas mãos estavam nos bolsos, e seus ombros estavam relaxados. Quem o visse ali, nunca o teria relacionado com a cena do dia anterior. Mas eram seus olhos. Seus olhos o entregavam, seu cansaço afundava qualquer vestígio de felicidade aparente.

Ao ver o carro se aproximando, andou até a calçada e, quando Josh o viu, saltou em seus braços. Enquanto Jade saía do carro, Layla abriu a porta e apontou para Josh entrar em casa. Ela parecia cansada, seus cachos estavam bagunçados e seus olhos com bolsas. Ao vê-la, sorriu em agradecimento, e deixou uma lágrima carregada de dor e vergonha escorrer. Jade ouviu tudo o que seu silêncio disse. Ao ouvir toda aquela dor, quis chorar também.

Dylan não foi atrás dos irmãos ao ouvir a porta fechando. Jade foi em sua direção, brincando com a chave na mão esquerda, enquanto segurava o coração com a direita.

— Murphy.

Ela ergueu o olhar e acenou com a cabeça. Suas mãos agora tremiam e as chaves faziam um barulho agudo ao se chocarem umas com as outras. Olhou para a janela que havia sido quebrada na noite passada, viu que agora estava tampada com papelão e se perguntou se o retrato ainda estava no meio das rosas. Imaginou quanta força deveria ter sido usada para um porta-retratos conseguir quebrar a janela, e engoliu em seco ao imaginar a cena novamente.

— Reynolds.

Dylan olhou para as chaves na mão de Jade, o que fez com que ela olhasse também. Antes que qualquer um pudesse dizer alguma coisa, Jade as guardou dentro do bolso da calça jeans e cruzou os braços como se tentasse espantar o frio.

— Sinto muito você ter visto aquilo ontem.

Ela balançou a cabeça, com um sorriso fraco no rosto, afirmando que estava tudo bem.

— E muito obrigado por ter ficado com ele — disse, olhando para a casa.

Ela abriu a boca para responder, mas ouviu a voz de um locutor gritando gol e, em seguida, gritos em celebração. Nem sabia que passava futebol àquela hora da manhã, mas o que mais chamou sua atenção foi o fato de que aquela com certeza não era a senhora Reynolds gritando. E nem Josh ou Layla.

Jade desviou o olhar da casa e o voltou para Dylan, que agora olhava para o chão, sabendo o que vinha em seguida.

— Você não chamou a polícia. — Sua voz falhou, pesada demais com a decepção. Ela balançou a cabeça, confusa. — Você não chamou a polícia — repetiu. — Deus do céu, por quê? Eu não, eu não entendo...

— É mais complicado do que você imagina.

Ele tentou tocar em seu braço, mas ela recuou, jogando as mãos para o ar e negando com a cabeça.

— Você espera o quê? O que ele fez, ele precisa pagar pelo que fez.

— Jade.

— Não — ela interrompeu. — Eu sei que ele é o seu pai, mas precisamos...

Ele riu rispidamente.

— Precisamos? Sério? É sério que você está me explicando a minha situação como se eu não a vivesse há dezessete anos?

Ela não estava com medo, mas o tom de sua voz não era o mais amigável possível, então ficou quieta enquanto ele a olhava irritado.

— Você não sabe de nada, e eu não me surpreendo com isso, mas não venha aqui como se você soubesse.

Ele estava bravo, Jade repetiu isso talvez cinco vezes mentalmente enquanto olhava surpresa. Ele só estava bravo e, como qualquer outro ser humano, talvez até mais, ele tinha todo o direito. Segurou forte sua corrente com uma cruz, enquanto se esforçava para não derrubar uma lágrima. Ele só estava bravo e não podia demonstrar isso para ninguém daquela casa, porque achava que tinha que cuidar de todo mundo, e isso significava que não havia espaço para suas emoções. Tudo bem, entendia isso perfeitamente.

Quando a ficha caiu, depois de alguns segundos, ele fechou os olhos e suspirou, mais arrependido impossível. Relaxou as mãos ao perceber que tinha os punhos cerrados aquele tempo todo e desejou voltar no tempo e retirar tudo o que tinha dito.

— Se precisar deixar o Josh em algum lugar, caso… — Ela não terminou a frase. — Você sabe onde eu moro.

E saiu.

Quando chegou na escola, o sinal já havia tocado, e não tinha mais ninguém no estacionamento. Desligou o motor e, antes de sair do carro, começou a chorar. Pelo que Dylan disse e como disse. Por Josh. Chorou pelos dois anos atrás. Deus do céu, chorou por ela. Bateu tão forte no volante enquanto chorava que, quando terminou, seus punhos estavam vermelhos, e o da direita com um corte pequeno.

Apoiou a cabeça e chorou um pouco mais, deu a volta e foi para casa.

Quando chegou, ficou surpresa ao encontrar sua mãe sentada na mesa assinando alguns documentos. A essa hora, ela normalmente estaria no abrigo. Ao ouvir Jade jogando a mochila perto da porta, tirou os óculos e olhou para a filha.

— Jade.

— Mãe, naquele dia do acidente, há dois anos, eu só… Bem, ela me ligou assim que aconteceu. Chorava e gritava ao telefone, e acho que não parou um segundo até eu chegar. Quando cheguei, ela se jogou nos meus braços e tremíamos tanto que eu pensei, pensei que jamais pararíamos de tremer.

Jade engoliu em seco.

— Mas eu não chorei, mãe. Não chorei nem mesmo quando eu sabia que tinha tudo acabado. Eu não derramei uma lágrima.

Jade chorava tanto, que o peito doía com os soluços.

— Mas sabe de uma coisa, mãe? Não teve uma vez depois daquele dia que eu não tenha chorado.

Isabel foi ao encontro da filha, que agora estava sentada com as costas contra a porta e chorava com as mãos na frente do rosto. Sentou-se ao lado de Jade, envolvendo tão forte os dedos que as pontas ficaram brancas. Mãe sente dor em dobro, e ver a filha daquele jeito era ainda pior.

CAPÍTULO 9

DESCULPE

— O que você disse pra ela? — Layla abriu a porta bruscamente, arremessando um pincel sujo de azul na cabeça do irmão. A tinta marcou sua testa, depois manchou seu edredom branco.

Dylan levou a mão até a testa e olhou para a mão suja de tinta azul.

— O que você disse pra ela, Dylan?

Layla estava tão brava que, não bastando jogar o pincel na testa do irmão, pegou o livro de suas mãos e jogou do outro lado do quarto, que bateu forte contra a parede.

Aquela veia estava saltada na sua testa, o que significava que ela poderia destruir o mundo se quisesse.

— Ela faltou quarta, quinta e hoje. Então eu quero saber que merda você disse pra ela.

Dylan ficou em silêncio, com as palavras presas na garganta.

— A gente é fodido mesmo, Dylan, sem dúvida nenhuma. Você pode duvidar até de que essa merda é redonda, mas disso você não tem como duvidar. Mas sabe de uma coisa? Só porque temos nossos problemas, não significa que os outros também não tenham. Você deveria saber disso, e não sair por aí se achando o único que tem problemas. Eu não sei o que você disse para a garota, mas é melhor você fazer alguma coisa a respeito.

— Eu não acho que ela queira me ver agora, Lola — disse, envergonhado.

— O que você disse? — Layla pegou o travesseiro e jogou nele. — Você é idiota, é? Você luta pelas pessoas que valem a pena, Dylan. Se errou, você manda mensagem por código Morse ou fumaça, mas pede desculpa. Eu te ensinei melhor.

Layla bateu a porta com força ao sair do quarto. Ela tinha razão. Ela sempre tinha.

* * *

Dylan colocou a mochila no chão e se ajeitou na poltrona. Não adiantou, o desconforto parecia gritar mais alto que o silêncio.

Doutor McDonald batia com a caneta Montblanc em seu bloquinho com intervalos demorados. Dylan não sabia ao certo se ele deveria dizer algo primeiro, ou se era o doutor que começava.

Antes de falar, ajeitou-se de novo na cadeira.

— É, hum, eu sou...

— Eu sei quem você é. E gostaria que você não fugisse com as minhas pacientes.

Apesar da expressão séria do doutor, Dylan não conseguiu conter o sorriso largo que cresceu em seus lábios ao lembrar de Jade.

— Desculpe por isso. Não vai mais acontecer, garanto — respondeu, com o sorriso se apagando.

Doutor McDonald se inclinou, apoiando os cotovelos na perna, chegando mais perto de Dylan.

— Faz quanto tempo que você não dorme, Dylan?

— Eu?!

Um mês. Ele não dormia fazia um mês, mas havia dormido o mês anterior inteiro. A senhora Reynolds ligou para a escola, avisando que ele estava doente, porque era isso que achavam. E era verdade, ele estava doente, mas nada que anti-inflamatórios resolveriam.

— Um mês — sussurrou, baixando a cabeça.

— O que mantém você acordado?

Dylan olhou para a janela do consultório; apesar de as cortinas de metal estarem fechadas, alguns raios de sol conseguiam passar. Pareceu um pouco injusto o dia estar tão bonito quando eles precisavam falar de coisas tão tristes. E talvez fosse essa a questão: era tudo muito bonito.

Quando Josh corria pela casa, medo era nada mais que uma palavra. Quando Layla ria das próprias piadas, o céu parecia ficar mais azul. Quando eu contava sobre *Game of Thrones*, meus olhos pareciam brilhar mais, animação era a única coisa que tomava conta do meu rosto e isso parecia curar qualquer dor. Quando eu encontrava a senhora Reynolds cuidando das rosas na frente de casa, a única coisa incomum nela era o fato de talvez ser a mulher mais bonita desse mundo. Quando Valentina estava com um cachorro na mão e um sorriso no rosto, a vida parecia fazer mais sentido. Era tudo tão bonito, que parecia ser de mentira. E esse era o problema. Era tudo muito bonito, por isso Dylan sentia que não se encaixava ali. Porque o sentimento que crescia no seu peito era feio. Era podre. E aquela dor não se encaixava naquele lugar tão bonito.

Eram injustas muitas coisas ali, mas naquele momento a mais injusta parecia a beleza.

— Depende.

Ele tinha prometido a si mesmo que não diria nada, porque para ele não fazia sentido sentar ali e falar dos seus problemas, como se aquilo fosse resolver alguma coisa. Mas ali estava ele, e as palavras pareciam derreter na sua língua, muitas para simplesmente não serem ditas. Talvez não funcionasse nada mesmo, mas a ideia de ter alguém para falar tudo aquilo parecia diferente.

— Do quê?

— Às vezes, são os gritos na casa. Às vezes, é o silêncio dela.

— Dói?

— O quê?

— Fingir o tempo todo?

Dylan suspirou fundo.

— Tanto que parece rasgar o peito.

Ele anotou alguma coisa rápida em seu bloquinho e logo voltou a atenção para ele.

— Você pode fazer parar? — Dylan perguntou.

— Não, não posso. Só você pode fazer isso, mas eu posso te ajudar. — O doutor fez uma pausa breve antes de continuar. — Certa vez, li que toda a água do oceano só consegue afundar um navio se ela estiver dentro dele. Caso contrário, se uma gota sequer jamais entrar, ele nunca vai afundar.

— Mas eu não tenho controle sobre a água, essa é a questão. Eu tenho controle do barco, mas que diferença faz se eu não tenho controle sobre a água?

O doutor encostou as costas na poltrona e colocou o bloquinho em cima da mesa ao seu lado, com um sorriso satisfeito no rosto. Às vezes não se trata das respostas, mas sim das perguntas certas; às vezes, elas são a chave.

— Então por que você tenta tanto controlar isso? Parece bem inútil, senhor Reynolds. — Ele olhou para o relógio no pulso. — Até a próxima sessão.

Dylan não acreditou: olhou para o relógio no celular, e não acreditou ao ver que a consulta já havia acabado.

— Talvez no nosso próximo encontro você não demore quarenta e cinco minutos para começar a falar.

* * *

Quando Dylan chegou em casa, já estava escuro e ele podia sentir o cheiro de sopa de ervilha da porta. Colocou a mão na maçaneta, mas não a virou. Na verdade, se virou e voltou a andar, porque Jade tinha razão: ele sabia, sim, o endereço dela.

Andou por vinte minutos, mas não se apressou. Respirou fundo, sentindo o ar fresco entrar em seus pulmões, e contemplou as estrelas. A rua estava tranquila, com exceção de algumas casas, onde era possível ouvir risadas ou conversas distantes. Quando chegou, a casa de Jade parecia silenciosa. As luzes estavam todas desligadas, com exceção de duas no andar de cima. Checou o horário no celular e viu que já eram nove da noite. Pensou em voltar para casa. Talvez pelo horário, mas muito mais pela falta de coragem.

Já atravessava a rua para voltar para sua casa quando a porta se abriu e, ao olhar para trás, viu Jade segurando a guia com um cachorro. Era um *golden retriever*, tão grande que em pé talvez ficasse maior que ela. Mas Jade não se moveu, porque estava distraída demais com Dylan na frente de sua casa. Ela estava de pijamas, usava uma pantufa de coelho, o cabelo preso em coque baixo e praticamente desfeito, e seus olhos pareciam um pouco tristes ao ver Dylan ali.

— Nunca te disseram que é falta de educação ficar na frente da casa dos outros?

Apesar de saber que ela estava brincando, sua voz parecia um pouco desanimada, e ele sabia que era o responsável por aquilo. Bom, em parte, de fato era.

— Caminho de casa.

Jade desceu as escadas.

— Sua casa é para o outro lado, Dylan.

Ele olhou para o chão, esperando que Jade viesse ao seu encontro, mas ela passou por ele e continuou andando pela calçada, enquanto o cachorro corria eufórico pela grama dos vizinhos.

— Eu não quis dizer aquilo, Jade.

— Eu sei, tá tudo bem.

— Não, esse é o problema, eu não deveria ter reagido daquele jeito. Eu estava bravo com meu pai e acabei descontando em você.

Ela parou de andar, fazendo com que o cachorro protestasse e puxasse a guia. Dylan parou também, ficando de frente para ela. Seus olhos brilhavam com a luz do poste em cima deles e, cada vez que Dylan a via, ela parecia ficar ainda mais bonita.

— Tá tudo bem, sério mesmo. Eu entendo. E quero que você saiba que, se precisar conversar a respeito, eu posso ouvir. Porque você tem razão, eu não sei nada do que acontece naquela casa, então você precisa me explicar e não sair bravo por aí por eu não entender.

Dylan assentiu, e eles voltaram a andar.

Caminharam por alguns segundos em silêncio, até que Dylan suspirou e enfim conseguiu falar.

— Ele é da polícia. Minha mãe uma vez tentou denunciar, mas todo mundo daquela delegacia encobriu. Ela quase morreu naquele dia quando ele voltou para casa. — Dylan engoliu em seco. — Ele falou pra todo mundo que ela era louca e todos acreditaram. Se eu tivesse ligado para a polícia naquele dia, só teria piorado as coisas. É um beco sem saída, Murphy.

— Desculpa ter ficado brava com você naquele dia, eu não sabia disso. E a gente vai pensar em alguma coisa. Prometo, ok? Enquanto isso, qualquer necessidade, quero que você me chame e, se precisar, eu fico com Josh. Promete?

Dylan assentiu.

Era beleza que transbordava de dentro para fora.

Uma mecha de cabelo caiu na frente de seu rosto e, por um segundo, Dylan quis ajeitá-la, mas então Jade se afastou antes mesmo que ele tentasse. Virou as costas e começou a andar na direção oposta, voltando para sua casa. Dylan não a seguiu, ficou parado ali, vendo-a cada vez mais distante. Foi quando ela parou, virou para trás e sorriu.

— Não é difícil.

Ele franziu a testa, confuso.

— O quê?

— Gostar de você. Se é por isso que você estava no doutor McDonald quando a gente conversou pela primeira vez. Não é difícil gostar de você.

Foi a vez de Dylan ficar em silêncio.

— E não é sua culpa. Nada disso é — ela continuou. — Mas se é perdão que você precisa, então eu te dou. Layla te dá. Ryan te dá. Josh te dá. Sua mãe te dá. É só você pedir, mas não vai mudar muita coisa. No final das contas, o único perdão de que você precisa é aquele que vem de você mesmo.

Jade virou as costas e voltou a andar, até a escuridão da noite e a distância fazerem com que fosse impossível enxergá-la. Mas Dylan não queria que ela fosse embora: queria correr atrás dela e perguntar se ela era de verdade; queria correr atrás dela, porque tinha medo de que não fosse. Ao invés disso, continuou a andar em direção a sua casa porque, apesar de tudo, não precisava estar muito perto de Jade para senti-la.

Quando chegou em casa, já eram quase dez. Entrou tentando ao máximo não fazer barulho, mas o chão de madeira velho rangia conforme ele pisava.

Os Reynolds eram bem rígidos com o horário de dormir, então às dez da noite todos já tinham que estar na cama.

Abriu a porta do seu quarto, aliviado por ter chegado, mas se virou quando ouviu a voz de Layla.

— Sabe, D., quando falei pra você falar com ela, não quis dizer pra sair por aí às dez da noite para bater na porta dela — disse, coçando os olhos com as costas da mão.

Ela devia ter ficado esperando por ele, mas acabou caindo no sono. Estava de pijamas, o rosto e o cabelo amassados. Dylan se aproximou e lhe deu um beijo, deixando claro que ele estava ali e que ela não precisava se preocupar.

Ele estava realmente ali. Pela primeira vez em muito tempo, ele estava presente de verdade no momento. E doía. Doía muito, como se alguém tivesse pegado seu coração, pisado e colocado de volta em seu peito. Mas quando nos permitimos sentir, não é só a dor que vem, os sentimentos bons também chegam. Seus olhos pareciam ter ficado fechados por muito tempo, mas agora ele os abriu e, apesar de ainda estar muito escuro, conseguia ver uma luz fraca piscando ali. E ela estava ali.

CAPÍTULO 10

SENHOR E SENHORA GOMEZ

— Ryan mora a algumas casas depois da sua.

Jade olhou para Layla. Ela tirava algumas fotos de Lubs, que olhava para as duas sentadas na beirada da piscina.

— Sim, por isso estava pensando... A gente poderia parar antes na minha casa só para eu, bem... — disse, olhando para a roupa de mergulho.

Layla assentiu, rindo, e deu um clique vendo o golfinho se afastar para o outro lado da piscina.

As duas ficaram em silêncio por um tempo, ouvindo o barulho da água conforme Lubs nadava de um lado para o outro.

Jade precisava colocar as fotos no site do abrigo para conseguir arrecadar algumas doações. Geralmente não faltava dinheiro lá, mas os remédios às vezes eram muito caros, e eles acabavam tendo que escolher entre manutenção e medicamentos ou, na pior das hipóteses, o salário dos funcionários. Então, para isso não acontecer, dependiam do dinheiro de doações para os remédios certos para os animais ali. E as doações eram feitas por meio do site, com as fotos dos animais para chamarem atenção do público. Por um lado, Jade poderia muito bem ter comprado uma câmera e saído tirando as fotos, mas a ideia de ter Layla ali parecia muito melhor.

Desde que tudo aconteceu, Jade não saiu com ninguém a não ser para fazer trabalhos em grupo. Mesmo assim, tentava conversar com os professores para abrirem uma exceção para ela, assim podia fazer alguns sozinha. Não gostava de pensar muito nisso, mas sabia que, por ser filha do dono, não pegavam muito no seu pé.

Ou as pessoas eram amigáveis demais ou elas a encaravam demais nos corredores, às vezes parando para se lamentar. Mas os dois tipos tinham uma coisa em comum: pena. Jade não queria aquilo, nunca havia pedido aos outros. Então tentou ao máximo manter distância e foi o que fez. Já os seus amigos tocaram a vida, e é muito mais difícil se divertir quando você está tentando.

Layla não parecia saber e, mesmo que soubesse, não parecia ligar. Jade também não pretendia contar muito cedo, se elas continuassem se vendo.

— Obrigada por ter ficado com o Josh.

Jade olhou para Layla, que continuava com os olhos em Lubs enquanto tirava as fotos. Não conseguiu parar de pensar neles desde aquela noite. Aquilo talvez acabasse com tudo. Como você confia em alguém se a pessoa que deveria ser o seu maior exemplo de amor te dá calafrios? E agora, olhando para Layla, percebeu o quanto as duas eram iguais. A diferença era que, para Layla, seu pai é quem havia partido seu coração, antes de qualquer garoto.

Imaginou o quanto os três eram pessoas boas e, de longe, normais. Como crianças com corações tão cheios de amor podiam ter um exemplo tão ruim em casa? Como pessoas tão boas podiam vir de um lar tão complicado? Talvez fosse isso. Talvez as melhores pessoas fossem as que mais precisaram ser. Quer dizer, como você pode se dizer uma pessoa boa ou forte se você nunca teve que passar por uma situação em que precisou de fato escolher entre ser ou não? Você poderia perguntar para qualquer um naquela cidade se eles se consideravam pessoas boas, mas muitas delas não passaram por situações que exigissem que elas fossem realmente boas. É fácil você ter um sorriso nos lábios e abraços calorosos, se você nunca foi tão magoado que esqueceu até mesmo como respirar. É fácil falar que o mundo é um lugar que reserva maravilhas inimagináveis, se você nunca viu as coisas mais feias que ele guarda. O difícil é ter que fazer isso com alguém tentando provar o contrário todos os dias. Layla, Josh e Dylan precisavam perdoar todos os dias. Eles precisavam escolher entre sair por aí xingando todo mundo que cruzasse seus caminhos, ou dar todo o amor que não receberam. E se essa parece uma escolha óbvia e fácil para você, então nós dois sabemos que tipo de pessoa você é. Mas, para quem realmente precisa considerar as duas opções toda vez que acorda ou vai dormir, é muito difícil — porque, sinceramente, às vezes você só quer mandar todo mundo para o inferno. Só Deus sabe quantas vezes Jade quis mandar todo mundo para o inferno.

Enquanto segurava seu pingente de cruz com força, agradeceu por ter os pais que tinha. Agradeceu por não precisar ter que dormir com Jasmin no abrigo por ser impossível em casa. Agradeceu por nunca ter escutado seus pais discutindo daquele jeito, nem mesmo perto disso.

Pegou a prancheta debaixo do braço e começou a fazer o relatório da Lubs.

— Layla...

— Lola! Você pode me chamar de Lola.

Jade sorriu e assentiu.

— Lola, não precisa me agradecer. Na verdade, sempre que quiser, vocês três podem ficar comigo.

Layla sorriu e, de fato, sentiu segurança e conforto em sua voz. O problema era que ela já tinha escutado aquilo antes, todo o discurso de "estarei aqui se você precisar", e já teve que lidar com diversas situações em uma realidade muito diferente do que a anteriormente proposta. Deus do céu, como é grande a decepção de achar que estava todo esse tempo andando apoiada no corrimão, quando na verdade nem andando estava.

Mas Jade falava e Layla realmente ouvia. Ia além disso: Jade parecia enxergar tudo o que Layla sentia só de olhar e, apesar de um pouco intimidador, era reconfortante saber que havia coisas que nem precisavam ser ditas para ficarem claras.

Jade tirou a roupa de mergulho enquanto Layla ainda tirava as fotos de Lubs, que agora tentava pular na água, esperançosa, mesmo falhando por causa da fraqueza causada por seus ferimentos.

Ela tinha um corte visível que cruzava a sua boca, que certamente se transformaria numa cicatriz permanente; quando ela chegou perto da borda da piscina, Layla se agachou e se aproximou o suficiente para tirar uma boa foto que mostrasse bem um dos diversos machucados. Às vezes, precisamos nos mostrar vulneráveis para que finalmente possamos ser ajudados e talvez curados.

Depois, as duas passaram na casa de Jade antes de ir para a minha, já que ela estava com as roupas úmidas e os cabelos molhados.

Apesar de morarem a poucas quadras de distância, Layla não conseguiu ignorar a diferença de suas casas. A casa de Jade era gigante, com três andares. Era maior que a minha, talvez maior que qualquer uma daquela rua. Mesmo assim, não dava a sensação de ser tão grande quando a gente entrava — quer dizer, continuava imensa, mas cada canto da casa parecia ser preenchido por fotografias, móveis, flores e aromatizantes de baunilha. Não dava a sensação de vazia ou séria, e sim a sensação de aconchego, como se pudéssemos ouvir as risadas da família enquanto cozinhavam biscoitos. Ficou com inveja por algum tempo, enquanto olhava uma foto de Jade com uma medalha de ouro grande pendurada no pescoço. Ela estava com a roupa de mergulho, e seus cabelos molhados estavam presos em um rabo de cavalo alto, sorrindo, com algumas "janelinhas" entre seus dentes de leite.

— Você vem? — Jade perguntou, já no terceiro degrau da escada que levava aos quartos.

Layla, que estava de costas olhando a foto, virou-se e, antes que pudesse abrir a boca para responder, foi interrompida por alguém. A mulher usava uma calça jeans bege e uma blusa social branca e, por cima, tinha um avental sujo de alguma coisa verde, assim como sua face direita. Tinha as mãos sujas de farinha, então as bateu no avental antes de estender a mão para Layla, com um sorriso imenso no rosto. Jade com certeza tinha o sorriso e os olhos iguais aos dela.

— Deus do céu, não sabia que Jade iria trazer convidados! — Não parecendo acreditar no que tinha acabado de dizer. — Sou Isabel. Qual o seu nome, querida?

— Layla, senhora, mas me chamam de Lola. É um prazer! — respondeu com um sorriso também.

— O prazer é todo meu, Lola. Você é da escola? — perguntou, agora olhando com os olhos semicerrados para Jade, que tinha os braços e a cabeça apoiados no corrimão.

— Sim. Ela ajuda meu irmão em espanhol.

Isabel colocou a mão no peito, sorrindo ainda mais, parecendo que tinha acabado de ouvir que havia cura para uma doença terminal. Gritou o nome do marido, chamando-o. Daniel Gomez, o dono da escola e professor de espanhol, chegou na sala. Diferente de como Layla sempre o via nos corredores, agora o senhor Gomez estava de calças jeans e blusa de algum time de beisebol, enquanto segurava nos braços uma garotinha de quatro anos que tinha a mão lambuzada da mesma coisa verde que havia no avental de Isabel e no rosto dos pais.

Ele pareceu tão surpreso quanto Isabel ao ver Layla ali, estendendo logo a mão para cumprimentar a garota.

— Oi, professor.

— Layla! Que prazer vê-la aqui! Como vai o Dylan?

Jade, ao ouvir o nome do irmão, endireitou as costas. Não sabia que seu pai o conhecia, quer dizer, era o dono e professor de espanhol, mas não é como se soubesse o nome de todos os alunos daquela escola.

— Vai bem, senhor.

— Ótimo ouvir isso. Bom, vamos deixar as duas em paz. Foi ótimo vê-la, mande um abraço ao Dylan.

— Pode deixar, senhor.

Jasmin acenou para Layla, que sorriu e murmurou um "com licença" ao ir atrás de Jade.

Quando Jade estava nos últimos degraus, gritou para os pais, que ainda estavam congelados na frente da porta:

— É por isso que não trago ninguém em casa!

Apesar do comentário, Jade não parecia brava. Riu enquanto gritava. Parecia estar feliz ao ver os pais assim; na verdade, parecia estar tão feliz quanto eles enquanto caminhava até o seu quarto no final do corredor.

— Desculpa por isso, não costumo trazer ninguém.

Layla estranhou: Jade parecia o tipo de garota que estava sempre cercada de pessoas. E se não fosse, por que então estaria sendo tão legal com ela?

— Que é isso, seus pais são incríveis! — Apesar de tentar disfarçar, Jade conseguiu ouvir a dor que Layla carregava ao dizer aquilo. Sabia que, quando ela chegasse em casa naquela noite, não seria da mesma forma.

O quarto de Jade era grande como qualquer cômodo daquela casa, e tinha o mesmo cheiro de coco talvez. O quarto dela era impecável. Ao contrário do resto da casa, ele parecia vazio, apesar de todas as coisas nele. Nada parecia fora do lugar, a não ser seu closet. A porta estava entreaberta, o que foi o suficiente para Layla ver de canto de olho um cobertor e um travesseiro no chão, como se alguém estivesse dormindo ali. E estava? Quer dizer, Jade estava deixando alguém dormir ali?

Viu então um cachorro em cima de sua cama.

— Você tem um cachorro!

— Esse é o Spark. Ele não morde. Se quiser, pode fazer carinho nele.

Jade ganhou o Spark depois que tudo aconteceu, dois anos atrás. Depois que começou a ter síndrome do pânico e ansiedade, seus pais perderam o rumo. Eles faziam tudo que estava ao seu alcance, mas havia coisas nas quais nem eles ou os terapeutas podiam ajudar. Pedir ajuda não era tão fácil, e a cada momento Jade afundava mais em um buraco que parecia não ter fim, apesar de ele parecer perto. Havia dias em que ela desejava que ele chegasse, porque sinceramente não aguentava mais ficar caindo e subindo tudo de novo.

A ansiedade não liga se você tinha planos para hoje. Ela não liga se você estava planejando essa viagem há mais de um ano. Não liga se esse jogo era muito importante para o seu irmão. Não liga se você prometeu ir com a sua amiga para essa festa. Não liga se essa aula é importante. Não liga quantas vezes você já usou essa desculpa para não sair. Não liga se você tem uma entrevista de emprego importante. Ela não quer saber o que você quer ou o que não quer, se você quer ser feliz, se quer sair de casa e enfrentar isso como qualquer pessoa normal enfrentaria. Ela cria um bolo de nós, e você fica com medo de ser vista pelos outros como você se vê. É uma visita que você não estava esperando, e que você não quer que fique por muito tempo. Fala, fala, mas não liga se você quer ouvir ou não. Ela não pergunta o que você acha sobre tudo isso, pois não importa. Fala tanto que, quando não tem mais espaço no quarto para as palavras, ela começa a escrever nas paredes. E você não quer isso, não quer que alguém entre em sua casa e comece a rabiscar suas paredes. Mas aí que está: você ouve tanto ela falar, que passa a acreditar no que está dizendo e leva aquelas palavras na parede como as únicas verdades. E aí ela sai por um tempo, deixando você naquela casa que não parece mais ser sua. Quando outra pessoa vem visitar, você não consegue prestar atenção no que ela fala, porque sabe o que lhe espera do outro lado daquele quarto. Pior ainda, você tem medo de que ela confunda aquele quarto com o banheiro e acabe entrando. Você fica com tanto medo, que não consegue mais prestar atenção no que ela está dizendo, porque está ocupada demais pensando no quarto. Quando você se encontra sozinha de novo, chega à conclusão de que a melhor coisa a fazer é se trancar naquele quarto, porque aí ninguém vai acabar entrando sem querer. Nem mesmo você, porque você já é parte dele, e ele já é parte de você.

 A ansiedade não liga se você não quer ouvir. Uma vez que ela entra, deixa marcas.

 Todos nós temos marcas, todas elas moldam o que somos. Mas quando você se olha no espelho, e elas lhe cobrem tanto que você não se enxerga atrás delas, então algo está errado.

 Além dos remédios, seus pais acharam que, se comprassem um cachorro, ele poderia ajudar com os ataques e ainda a deixaria mais feliz. Spark foi treinado para reconhecer ataques de ansiedade ou pânico, por isso, quando Jade começa a tê-los, ele sabe e tenta acalmá-la.

 — Fique à vontade, Lola. Se quiser, pode ligar a televisão.

 Jade entrou no closet e fechou a porta atrás dela, para logo em seguida sair com roupas na mão. Entrou no banheiro e ligou o chuveiro, ficou lá por alguns minutos. Layla sentou na ponta da cama ao lado de Spark; enquanto o acariciava com uma das mãos, usou a outra para ligar a televisão e foi passando até parar em um programa de tubarão no National Geographic.

A porta do banheiro se abriu, e Jade saiu já vestida.

— Eu amo tubarões.

— Já pensou em trabalhar com eles? — perguntou sem tirar os olhos da televisão.

— Já trabalhei.

— Agressivos?

— Principalmente quando tem uma bala dentro deles.

— Mordeu você?

— Tentou. Puxaram ele antes de comer minha perna.

— Saiu sem nenhum arranhão?

O mergulhador no programa desceu ao mar dentro de uma jaula, no meio de mais de dez tubarões. Um deles tentou morder seu braço quando ele colocou para fora da jaula, mas conseguiu evitar.

— Você que pensa. Um dos dentes passou de raspão.

— Cicatriz?

— Charme...

— Mentira!

Jade colocou a perna esquerda na ponta da cama ao lado de Layla, revelando uma cicatriz de mais ou menos quinze centímetros saltada abaixo do joelho.

Layla olhou boquiaberta e com os olhos arregalados para Jade, que riu com a reação dela.

— Você é a pessoa mais durona que já vi.

Jade riu, indo até o closet, e voltando depois de alguns minutos com o Vans vermelho nos pés.

— Se eu fosse você — Layla disse, seguindo Jade pelas escadas —, andaria sempre de shorts.

— Ah, é? Mesmo no inverno?

— Deus do céu, principalmente no inverno!

Jade gargalhou.

— Já estamos indo, gente. Amo vocês! — Jade gritou da porta.

— Até mais, meninas! Divirtam-se!

Depois de Jade fechar a porta, Isabel envolveu o pescoço do marido com seus braços e chorou em seu peito.

— Ela está seguindo em frente, Dani.

Ele beijou o topo da cabeça da mulher, sentindo as lágrimas escorrerem também.

— Estou orgulhosa da nossa garota.

CAPÍTULO 11

TÃO PERTO, MAS TÃO DISTANTE

— *Tubarão*!

— *Pânico*! — falei mais alto que Layla.

— Fala sério, esse filme é patético.

— E *Tubarão*, não é?

Layla e eu estávamos sentados na frente da televisão. Embaixo, havia as gavetas lotadas de DVDs. Nós dois segurávamos os respectivos filmes nas mãos enquanto discutíamos qual deles assistiríamos. Atrás de nós, Dylan e Jade estavam sentados no sofá, um em cada canto, pensando em uma desculpa para quebrar aquela distância.

— É sempre assim?

— Toda vez! — Dylan riu.

Jade olhou para nós dois, concentrados demais naquela discussão, e se aproximou de Dylan no sofá. Ela estava próxima o suficiente para que Dylan conseguisse sentir seu perfume, mas nunca perto o bastante. Era como se, por mais que se aproximassem, sempre houvesse uma distância, muitas vezes não só física.

— Só entre nós... — ela sussurrou, olhando de canto de olho para nós dois sentados, ainda discutindo alto.

Dylan não conseguia tirar os olhos de seus lábios cobertos por *gloss*. Qual seria o sabor deles? Quando Jade chegava perto daquele jeito, era difícil lembrar seu próprio nome.

— ... *Pânico* ou *Tubarão*?

Ela o olhou, sorrindo, e ele desviou os olhos para a televisão preta, como se estivesse olhando para lá o tempo todo.

Dylan sempre preferiu *Tubarão*. Não que fosse seu favorito, ou perto de seu interesse, mas ele preferia qualquer coisa sem ser *Pânico*. Claro, ele sempre votava em *Pânico*, mas isso era por que Layla odiava também, e ele sabia disso.

— *Tubarão*. *Pânico* é péssimo, mas Layla não pode saber: voto no *Pânico* nos últimos dez anos só porque ela odeia.

Jade começou a gargalhar no sofá, e colocou a mão na frente da boca, tentando abafar a risada. Talvez não só isso. Ela costumava agir assim quando sorria ou ria, como se não quisesse mostrar o sorriso para os outros. Quando Dylan a via fazendo isso, queria tirar a mão da frente de sua boca, porque seu sorriso deveria estar pintado e exposto no Louvre.

— Jade gosta de *Tubarão*! Ela é visita, deveria ter a resposta final.

Eu gostava como Layla dizia isso, como se não fosse visita ali também. E não era: já era parte daquela casa como qualquer móvel da sala, como se pertencesse ao lugar.

Jade mordeu o lábio inferior e franziu a testa, sabendo que sua resposta iria me decepcionar.

— Desculpa, Ryan, você sabe que eu te...

Layla levantou do chão em um pulo só e começou a saltitar na minha frente, enquanto batia palmas:

— Perdeu, Franklin!

Ela pegou o DVD de dentro da caixa e ligou a televisão.

— Dá uma bandada pra lá, Dylan.

Layla sentou no meio dos dois, e Dylan e eu cruzamos olhares. Sentei ao lado de Jade na ponta do sofá — e Dylan tinha razão: ela cheirava mesmo a coco. Costumávamos jantar juntos depois do grupo de ajuda há algum tempo atrás, mas eu nunca havia parado para perceber essas coisas. Agora que Dylan parecia se maravilhar com qualquer detalhe nela, Jade parecia diferente. Como se todo esse tempo eu a estivesse vendo de longe, mesmo em todas as noites em que nos entupíamos de batata frita e coca-cola, depois de choros vergonhosos em salas grandes demais para nossos corpos pequenos. Agora ela estava perto, e eu conseguia vê-la de um ângulo completamente diferente. Relaxe, sou totalmente gay ainda.

Olhei para Dylan, que por cima do ombro olhava para mim.
"Faça alguma coisa."
"O que você quer que eu faça?", arregalei os olhos.
Virei de novo para a televisão. Limpei a garganta.
— Quero mais pipoca.
Layla olhou para mim, com a testa franzida, incrédula com o que eu havia acabado de dizer.
— Levanta e pega então, Franklin.
— Eu pego pra você — Dylan disse, levantando-se. — Quer também, Jade?
Jade, fingindo estar concentrada no filme, demorou alguns segundos para olhar para Dylan, que agora estava em pé ao lado do sofá, esperando por sua resposta.
— Ah, claro. Vou com você.
Dylan, antes de se virar em direção à cozinha, fez um "obrigado" com os lábios para mim.

Jade sentiu suas mãos formigarem. Ela sabia o que aquilo significava — quer dizer, se é que significava alguma coisa... talvez ele só estivesse sendo gentil. Então o seguiu até a cozinha e, no meio do caminho, tentou disfarçar ao arrumar o cabelo agora seco.

Debaixo do micro-ondas, no armário, ele pegou dois pacotes de pipoca com manteiga. Abriu uma embalagem, enquanto deixou a outra em cima do micro-ondas; colocou para dois minutos.
— Não podemos demorar, Ryan e Layla podem começar a discutir a qualquer minuto — Dylan cochichou, olhando para os lados como se eu e Layla pudéssemos pular de trás do balcão no meio da cozinha.
Jade riu, colocando a mão na frente do sorriso que se formou em seus lábios.

O micro-ondas apitou, avisando que a pipoca havia ficado pronta; ao tirá-la, Dylan colocou a outra logo em seguida.

— Acho injusto...

— O quê?

Jade pegou o saco de pipoca de sua mão ao ver que ele estava com dificuldades para abri-lo. Ele a olhou enquanto estava concentrada em abrir. Mas a olhou de verdade, e não só bateu os olhos em seu rosto. Havia tantas coisas sobre Jade que mereciam atenção, era um desperdício estar ali na sua frente e não tentar realmente enxergá-la. Não só as coisas bonitas que o mundo inteiro conseguia ver, mas as coisas bonitas que ela tentava esconder do mundo. Pensou quantas pessoas não a olhavam como ela deveria ser olhada, e sentiu uma pontada no peito de pensar o quanto talvez passava despercebida.

Ela mordeu o lábio inferior ao puxar com força cada ponta para um lado.

— ... Você esconder o sorriso.

— Ah, é? — disse, ainda com a cabeça baixa, ocupada com a pipoca.

O saco foi aberto, e o ar quente saiu imediatamente. Jade o afastou do rosto, deixando que todo aquele vapor saísse sem ir direto nela.

— Acho que você não deveria guardar algo tão lindo só pra você. Simplesmente esconder de todos nós. Acho bem injusto, na verdade.

Jade riu, agora não colocando a mão na frente da boca. Sentiu suas bochechas queimarem, e não precisava vê-las para saber que estavam coradas. Algumas coisas na vida não precisam ser vistas, basta senti-las; essas com certeza são as mais verdadeiras.

— São seus olhos.

O micro-ondas apitou. Dylan o abriu e tirou a pipoca dali, abrindo dessa vez o saco sem nenhuma dificuldade.

— Aposto que não. Eles não costumam ver coisas muito bonitas por aí, Murphy. Mas você, com certeza, é de tirar o fôlego.

Se Jade pudesse beijar alguém, o beijaria sem pensar duas vezes. Inclinaria seu rosto, colaria seus lábios nos dele e envolveria suas mãos pelo seu pescoço. Se pudesse se deixar levar, daria a mão para Dylan e o deixaria guiá-la para onde ele bem quisesse. Deixaria que as correntezas de seus olhos escuros a puxassem para suas águas e mergulharia neles. Mas não era assim que as coisas funcionavam. Jade não podia beijá-lo, nem mesmo conseguiria, então simplesmente imaginou aquele momento em sua cabeça. Pensou que, se em um universo distante Dylan pudesse esperar, ela gostaria de reservar aquele seu beijo para ele, como uma garotinha de doze anos. Infelizmente, Jade não via que esse universo não estava muito distante, e sim mais perto do que imaginava.

Quis tocá-lo, pelo menos, passar a mão pelo seu rosto. A distância parecia ser o pior castigo, não importava o quão perto estivesse, sempre parecia muito longe.

Fechou os olhos por alguns segundos a mais e desejou que Dylan fosse diferente, queria muito que ele fosse. Sabia que, quando abrisse os olhos, a realidade faria ele ser como os outros. Esse era, entre muitos, um dos problemas de Jade: ela sempre sabia de tudo, quando na verdade não sabia nada.

— Vamos, estamos perdendo o filme.

Jade observou Dylan saindo da cozinha, mas por alguns segundos congelou. Se Jade fazia com que ele esquecesse o próprio nome, ele a fazia esquecer como respirar.

* * *

No almoço de domingo, como tradição, era dia de comida mexicana — apesar de, durante a semana, ter sempre algum prato típico, ou pelo menos um tempero. Todos os domingos, os avós de Jade também iam para a casa dela para almoçarem juntos. Hoje era dia de burrito, e Jasmin estava ajudando seus pais quando a irmã mais velha desceu as escadas, de pijama e cabelos bagunçados. Havia ido para a cama tarde no dia anterior, quando chegou por volta da meia-noite, depois de ter assistido a *Tubarão* e *Pânico*, e ainda conversado por horas. Isabel e Daniel esperaram a filha acordados assistindo a *Blindspot* na sala. Ao contrário da maioria dos pais, celebraram com um beijo apaixonado depois de se darem conta de que já passava das oito e sua filha ainda não havia voltado. Quando a pegaram entrando sorrateiramente, tentando fazer o mínimo de silêncio possível, sorriram ao ouvi-la rindo sozinha. Agora que ela descia as escadas toda bagunçada, era como se estivessem vendo a velha Jade de novo. Não a que acordava mais cedo para tomar banho e se trocar, mesmo nos finais de semana, e sempre deixava tudo em seu devido lugar. Era bom ver que a bagunça não estava dentro do seu peito naquele momento.

— Bom dia, flor do dia! — seu pai disse, colocando um pote de cereal sem leite na mesinha do cadeirão de Jasmin, que pegou um punhado e colocou direto na boca, ignorando a colher ao seu lado. Uma vez Jade havia dito para a irmãzinha que aquilo não fazia bem, pois as mãos dela eram cheias de bactérias e, quando ela as colocava na boca, transportava todas aquelas bactérias para dentro do seu corpo. Agora, enquanto Jasmin comia as coisas com a mão, gostava de dizer que se alimentava de bactérias.

Jade deu um sorriso sonolento, com os olhos fechadinhos.

Antes que pudesse responder, ouviu um grito vindo da sala. Sabia que era o seu avô chamando, e não havia nada nesse mundo que cativava mais sua atenção do que seu avô. Ao ouvir que ele já estava em casa, saiu correndo para a sala, deixando seus pais na cozinha rindo com toda a sua empolgação.

Quando chegou na sala, viu seu avô e suas duas avós sentados no sofá. A televisão estava ligada em um jogo de futebol, mas suas avós pareciam fofocar sobre alguma coisa, e seu avô tinha a cabeça apoiada na mão enquanto olhava o jogo, mas não parecia prestar atenção. *Abuela* Rosa ficou viúva quando Jade tinha apenas três anos, então não se lembrava de praticamente nada do *abuelo* José. Isabel havia contado para a filha que a avó não saía de casa nos primeiros meses; mas então, um dia, *abuela* Maria chegou entrando sem avisar e disse alguma coisa para ela que a fez levantar imediatamente da cama. As duas sempre foram assim, como unha e carne, e não foi diferente quando Rosa mais precisou. Às vezes, Jade notava que ela ficava triste enquanto lia os romances na recepção do abrigo, não porque era algo que não teve, mas porque era algo que não tinha mais.

Quando *abuelo* Ricardo viu a neta ali, parada na frente da televisão com os braços cruzados, pulou para fora do sofá, abrindo os braços e a envolvendo.

— Jade! *Mi flor!* — Ricardo a soltou e olhou para o sofá onde as duas ainda conversavam, nem notando a presença deles. — Tem muita mulher nessa casa, mocinha. Quer dar uma volta?

Jade riu.

— E eu sou o quê, *abuelo*?!

— Minha neta, não conta. Agora vamos lá, preciso esticar as pernas.

— Então está dizendo que, se eu não fosse sua neta, não me aguentaria? — Jade perguntou, ainda rindo.

— Provavelmente.

Ela riu ainda mais.

— Ok, ok. Eu vou me trocar e a gente vai.

— Trocar o quê, mocinha? — ele disse, puxando-a pelo braço até a porta.

— Tô de pijama!

— Você leva a vida muito a sério.

Jade não conseguia parar de rir um segundo ao lado do avô. Seu pai dizia que era porque ele estava ficando caduco com o passar dos anos, mas ela não se lembra de um dia em que não riu ao lado de seu avô. Não era a idade, sempre foi sua personalidade rabugenta.

Começaram a andar pela vizinhança, Jade de pijama e chinelo.

— Você parece mais animada hoje, faz muito tempo que não a vejo assim. Não consigo lembrar qual foi a última vez, na verdade.

Jade sorriu, com o coração pesando no peito. Os últimos anos não foram fáceis para ela, mas isso não significava que tinha sido fácil para os que a amavam. A dor é assim: ela nunca é só sua.

Ela tinha que concordar, estava feliz depois de muito tempo sentindo anestesiada, como se fosse programada para fazer certas tarefas no dia a dia, e não tinha mais lugar para qualquer outra coisa. Não que ninguém quisesse se aproximar, mas todos pareciam perfeitos. Eu sei, não comece com o discurso de que todos nós temos problemas, sei disso, e Jade também sabia. Todos nós temos cicatrizes, mas alguns de nós têm mais que outros, muitas vezes ainda mais profundas. Estamos todos quebrados, alguma parte, mesmo que seja minúscula, mas muitos de nós nem têm consciência disso. Jade tinha, sentia tudo dentro dela quebrado, como se fosse um parque de diversões agora abandonado. Ela não parecia se encaixar nas fofocas da festa de sexta, não parecia mais importar, e talvez nunca tenha, mas agora que ela tinha finalmente notado, era difícil ficar por perto. Nós éramos diferentes para ela. Ela sabia o quanto eu já estive quebrado — afinal, frequentávamos o grupo de apoio juntos —, e ela sabia que Dylan e Layla tinham coisas muito mais importantes em casa para se preocupar do que saber com quem Susan dormiu na festa do Kyle. Éramos todos quebrados ali, e todos nós tínhamos consciência disso, então não gastávamos nosso tempo com conversas ou pessoas superficiais, e nisso Jade parecia se encaixar. Era muito bom finalmente sentir que pertencia a algum lugar.

— É, eu me sinto.

Ricardo colocou as mãos no bolso, inspirando o ar gelado do fim de agosto.

— Gosto de vê-la assim. Não é como a Jade antiga, mas eu talvez nunca a tenha de volta. — Ele parou de andar, então Jade fez o mesmo.

— Mas eu não sou quem eu era um ano atrás também, não é mesmo? Todos nós estamos em constante mudança, *mi flor*, e você não deveria ficar se cobrando tanto por ser humana. Eu gosto da Jade de agora, para mim não é um problema... Para você é?

Ela não sabia responder àquela pergunta. Não queria que tudo aquilo tivesse acontecido do jeito que aconteceu, mas talvez não gostasse tanto de sua vida de alguns anos atrás. Não gostava de como ela tinha ficado, nunca quis chegar a esse ponto, mas também não queria voltar às coisas como elas eram antes.

— Não deveria ser. Nunca deveria ser um problema ser quem você é.

Ele tirou as mãos do bolso, depois tirou mais alguma coisa de um deles. Era uma caixinha bem pequena, bege, com um lacinho delicado rosa claro. Pegou a mão fria de Jade e a abriu, colocando a caixinha pequena nela. Ela olhou com um sorriso imenso no rosto; não sabia o que era, mas estar ganhando alguma coisa era incrível.

— Vá em frente, abra!

Jade olhou para o avô e depois para a caixinha. Desfez o lacinho da fita rosa e, com cuidado, a abriu.

— *Abuelo!*

Dentro havia um colar de ouro, a corrente bem fininha, com um pingente delicado pendurado nela. Era a calda de um golfinho, banhada a ouro. Seus olhos se encheram de lágrimas, era a coisa mais linda que já haviam lhe dado.

— Vi na vitrine de uma loja outro dia, achei que você iria gostar.

Jade levantou a cabeça, a visão embaçada por conta das lágrimas transbordando em seus olhos cor de mel.

— Eu amei, *abuelo*, é tão lindo! Eu não sei nem o que dizer... Muito obrigada!

— Ótimo, as melhores coisas são aquelas que nos arrancam as palavras da boca — ele disse, sorrindo.

CAPÍTULO 12

A REVELAÇÃO

Jade olhou no espelho mais uma vez. Havia algo diferente aquele dia. Apertou o rabo de cavalo alto e ajeitou a saia jeans. Colocou o moletom azul e vestiu as botas. Quando desceu, encontrou os pais na cozinha, já vestidos para o trabalho. Sua mãe fazia panquecas, enquanto seu pai picava maçãs para colocar na lancheira de Jasmin. Pegou uma das maçãs em cima do balcão e deu um beijo na testa dos três, avisando que já estava saindo.

— Não vai esperar até as panquecas ficarem prontas?

Jade mostrou o relógio do celular para a mãe, que apontava que a aula começaria dali a quinze minutos. Havia acordado atrasada, provavelmente desligou o alarme quando ele começou a tocar e acabou não levantando; para melhorar toda a situação, passou longos dez minutos se olhando no espelho, crente de que havia algo errado nela. Talvez não visível a olho nu, mas é como se algo fermentasse dentro de seu peito, avisando que deveria ficar na cama o dia inteiro. Mesmo assim, pensou em mim, Layla e Dylan e tomou coragem para sair. Além de Spark, que, ao perceber, começou a latir desesperadamente.

Nas últimas semanas começamos a almoçar todos juntos, e também nos encontrávamos nos sábados de pipoca, agora oficialmente. Layla e Jade viviam juntas: em qualquer lugar que uma ia, a outra ia também. Parecia até que eram amigas há anos, e não há um mês. Na sexta-feira anterior, Layla foi dormir na casa de Jade, as duas foram para o Waffle House e ficaram lá até às onze provando tudo do cardápio, depois caíram no sono assistindo a um documentário sobre tubarões.

As aulas às sextas são as piores, nada mais cruel do que as duas primeiras aulas de matemática sobre logaritmo. Jade olhava para o relógio, mostrando que havia passado só trinta minutos. Enquanto a professora fazia alguns exercícios na lousa, começou a sentir as pálpebras pesarem. Puxou o caderno e um lápis do estojo, e então começou a escrever as primeiras coisas que vinham a sua mente:

"Pinguinhos comem areia de estojo como se fosse pizza."

"Coloquei o presunto no chapéu do Fernando."

Sua técnica não estava funcionando daquela vez, a ponta do lápis quebrou e seus olhos ainda teimavam em fechar. Foi quando o alarme de incêndio soou alto por toda a escola, e a maioria dos alunos ali, com tanto sono quanto Jade, pulou de susto.

A senhora Pullman virou para eles tão brava por sua aula ter sido interrompida, que simplesmente arremessou o giz no lixo e limpou as mãos na calça.

— Por favor, mantenham a calma...

Antes que pudesse terminar de falar, todos se levantaram, provocando barulhos altos e agudos conforme cadeiras eram arrastadas. Saíram para o corredor e, enquanto um esbarrava na mochila do outro, Jade acabou esbarrando em Dylan.

— Você sabe o que está acontecendo?

Claro que Dylan sabia: ele havia provocado o alarme.

— Não responderei nenhuma pergunta sem meu advogado presente.

Alguém esbarrou com força em Jade, que quase caiu, mas se apoiou em um armário.

— O que você aprontou?

— Não fiz nada.

— Não acredito em você.

— Não vou responder a essa pergunta para a filha do dono.

— Justo.

A voz da diretora soou pelos corredores avisando que o incidente estava sendo investigado e que todos evacuassem as classes com calma e esperassem do lado de fora.

— Preciso perguntar uma coisa, mas você precisa dizer sim.

— Preciso dizer sim antes de você fazer a pergunta?

Dylan assentiu.

— E se você pedir para eu esconder um corpo ou algo do tipo?

— Eu não entrego você, juro.

Jade riu alto. Ao vê-la rindo, foi impossível não rir junto.

— Quero levar você para um lugar.

— É lá que está o corpo que você quer que eu esconda?

— Engraçadinha!

Dylan pegou a mão de Jade e a puxou para uma sala vazia, fechando a porta atrás deles. Ela não entendeu o que estava acontecendo, ficando confusa ao ser arrastada.

— Está pedindo para eu matar aula, Reynolds? E todo o discurso sobre eu ser filha do dono?

— Eu não conto se você não contar.

— Você é má influência.

— Isso foi um sim?

— Não sei.

— Estou praticamente implorando.

Ela olhou para as janelas, vendo a multidão se aglomerando no estacionamento da escola enquanto se perguntavam o que estava acontecendo.

— Você realmente tacou fogo na escola? — ela perguntou, ainda olhando para as pessoas do lado de fora.

— Só coloquei Bruce debaixo do sensor de fumaça no banheiro masculino.

Bruce era um garoto do primeiro ano. E estava sempre fumando no estacionamento durante os intervalos. Havia sido pego algumas vezes, mas ninguém fazia nada.

— Esperto.

Dylan ficou em silêncio, esperando sua resposta. Daqui a alguns minutos, ao perceberem que tudo estava sob controle, voltariam todos para a aula, e eles não iriam mais conseguir sair.

— Sabe, Dylan, você podia ter simplesmente esperado o intervalo.

— Deus do céu, Murphy, você me deixa maluco. Precisamos sair daqui agora ou não conseguiremos ir.

— Ok, tudo bem.

Dylan ajeitou a mochila nas costas, aliviado, e espiou pelo vidro da porta de madeira clara. Não havia ninguém nos corredores, a não ser uma garota com o namorado ainda saindo da escola. Dylan esperou que eles virassem no corredor para abrir a porta. Pegou na mão de Jade e a conduziu para as portas do fundo. Além de ser a melhor saída para não serem vistos, a porta dos fundos dava acesso a um lado do estacionamento onde ninguém parava o carro, por ser muito longe da entrada. A mão de Jade ainda formigava quando soltou a de Dylan e repousou no banco do passageiro, jogando a mochila para trás e sentindo o coração pular para fora do peito.

Sem dizer nada, Dylan acelerou o carro, afastando-se rapidamente da escola. Até eles chegarem ao local, demorou uns quarenta minutos; Jade insistia em saber aonde iam, mas Dylan se recusou a contar. Ela fingia ficar irritada, mas não conseguia deixar de rir enquanto mostrava a língua.

Apesar de ficarem todos juntos — e por isso mesmo —, Dylan e Jade nunca ficavam sozinhos. Agora estavam os dois ali, enquanto tocava Aerosmith no carro e murmuravam a letra, rindo quando um deles errava alguma palavra. Dylan batucava no volante e, naquele momento, ela não conseguiu evitar os pensamentos que passavam em sua cabeça. Ele era lindo, pelo que parecia era ainda mais inteligente e muito bom com todo mundo. Era como se ele fosse uma falha no sistema que Jade havia criado em sua cabeça. Ela esperava a qualquer momento que ele fizesse alguma coisa, ou falasse, trazendo-a à realidade. Mas aquela parecia ser a realidade, Dylan parecia ser tudo aquilo, sem nem mesmo se esforçar. Enquanto estavam juntos, Jade relaxou os ombros pela primeira vez. Engoliu em seco e tentou não se preocupar. Tentou não esperar o pior de todo mundo, apesar de já ter visto maldade em pessoas que nunca imaginou.

— Feche os olhos. — Jade obedeceu, colocando a mão na frente dos olhos. — Nada de espiar, Murphy.

— Pode deixar, senhor.

Depois do que pareceu ser uns cinco minutos, Jade sentiu o carro parando e vozes do lado de fora.

— Continue com os olhos fechados.

Jade obedeceu e ouviu a porta fechando. Em seguida, ouviu a porta de trás abrindo. Dylan pegou alguma coisa no banco, talvez sua mochila, e fechou a porta logo em seguida. Ouviu seus passos ao correr para o outro lado do carro, abrindo a porta dela. Pegou sua mão, e aquele toque lhe parecia tão familiar e reconfortante que até trazia a sensação de que nada podia lhe fazer mal enquanto ele a segurava. Ela se aproximou mais de seu corpo, encostando seu ombro no dele e, enquanto ainda segurava sua mão, entrelaçou seu braço no dele. Talvez, se estivesse com os olhos abertos, não teria tido coragem. Ela não podia ver, mas, ao senti-la se aproximando, Dylan não conseguiu evitar o sorriso que cresceu em seu corpo, ou as faíscas que tomavam conta dele por inteiro.

— Está frio. — Ela usou a desculpa.

O vento gelado soprava, e seus cabelos pareciam dançar com ele. A sua perna estava arrepiada, ali parecia muito mais gelado que na escola. As vozes pareciam mais altas e em maior quantidade. Alguém esbarrou em Jade, batendo em seu braço. Era com certeza uma senhora, seu perfume tinha um aroma cítrico, e sua voz era rouca e doce ao mesmo tempo quando disse "desculpe, querida". Jade murmurou "tudo bem", mas achou que a senhora não estava mais por perto.

— Posso abrir agora?

— Nem tente. Eu vou falar quando for a hora certa.

Ela bufou, mas adorando todo o mistério. Amava surpresas, apesar de sempre ser quem as preparava. A sensação de ser quem seria surpreendida era nova e muito mais emocionante.

Subiram em algo que parecia ser uma rampa e continuaram. Pelas conversas ao redor, provavelmente estavam em uma fila. Ali o ar era mais úmido e, por conta das conversas altas e risadas, era quase imperceptível o barulho das ondas. Jade ouviu um clique e deduziu ser uma câmera. Aquilo era um barco? Ela pensou em perguntar, mas tinha certeza de que Dylan não responderia, diria que estragaria a surpresa se contasse. Andaram mais um pouco.

— Tickets, senhora? — Ouviu a voz de um homem para a pessoa à sua frente.

Agora tinha certeza, Dylan a havia trazido para ver o mar.

— Tickets, senhor.

Dylan esticou o outro braço que não estava desocupado e entregou os tickets, então terminaram de subir toda a rampa.

— Dylan, mato você se não me deixar olhar agora.

— Impaciente. Espere mais alguns segundos.

Ali em cima, o ar parecia mais frio e o vento soprava mais forte, muitas vezes parando no rosto de Jade coberto com as mãos.

Dylan a posicionou e colocou suas mãos em uma barra, provavelmente estava na parte da frente do barco. Sentiu o vento soprar mais forte, e o barco começar a se mover tão lentamente que era quase imperceptível.

— Pode abrir.

Jade abriu os olhos e ficou sem respiração ao se deparar com aquela vista. Dylan oficialmente a havia levado para ver o mar. Ele havia planejado aquilo, e Jade não tinha palavras para dizer o que estava sentindo. Talvez nem existissem as palavras certas. Ele prestava atenção nela, sabia que não havia outro lugar que Jade amava mais que o mar.

O céu era de um azul bebê delicado e as nuvens estavam alaranjadas com o reflexo do sol. Parecia uma aquarela. A água era de um azul-escuro tão bonito que, com certeza, se Layla estivesse ali, tiraria milhares de fotos. Por causa do frio, a maioria das pessoas estava dentro do barco, com exceção deles e de um casal.

Dylan chegou por trás, envolvendo-a com um cobertor fino e macio. Jade virou para o lado dele e sorriu como agradecimento.

— Dylan, eu não... Eu estou sem palavras.

Ele sorriu, vitorioso.

— Espero que isso seja bom.

— É a coisa mais bonita que já me fizeram.

Dylan sentiu fogos de artifício explodindo dentro de sua barriga.

— Você planejou isso?

— Claro que não. — Ele riu.

— E se eu não aceitasse vir, se falasse não?

— Eu meio que estava torcendo para você dizer sim.

Jade sorriu, apoiando a cabeça em seu ombro enquanto via a cidade se afastar, deixando todas as preocupações para trás.

— É perfeito.

— Bom, eu sei que você gosta do mar e eu sei que eu gosto de você. Achei que todo mundo sairia ganhando.

Jade sentiu o rosto queimando e começou a rir de vergonha. Dylan não era perfeito, e talvez isso fosse o mais bonito nele, porque ele era real. Ele era incrivelmente bonito, mas, mesmo que soubesse, não parecia ligar muito para isso. As únicas lágrimas que ele arrancava dela eram aquelas de quando dizia algo engraçado que a fazia rir até sua barriga doer. Ele prestava atenção no que ela dizia ou fazia, como se não houvesse nada mais interessante que valesse tanto sua atenção. Era como se ela estivesse em um palco sozinha e ele fosse o único ali na primeira fileira, ouvindo tudo o que tinha a dizer. E ele era incrivelmente inteligente, sabia um pouco de tudo, não havia nada que não conseguisse conversar com ele. Além disso, era extremamente carinhoso com os irmãos. Mas ele não era perfeito. Dylan frequentava o psicólogo porque já tinha visto e escutado coisas que ninguém nunca deveria ter presenciado, por isso havia dias em que não conseguia levantar da cama, além de madrugadas em que acordava suando por conta dos pesadelos. Toda tarde, na hora do almoço, tomava antidepressivo, mas falava para Layla que eram só vitaminas. Jade sabia que não eram, porque costumava tomar os mesmos comprimidos. Dylan não era perfeito, não aos olhos de muitos. Mas, se fosse, se ele fosse perfeito, não seria o Dylan de que ela tanto gostava. Talvez teria acabado como qualquer outro cara por aí, ou pior. Todas as suas imperfeições o faziam a pessoa mais bonita que ela já havia visto, não só por fora, mas também por dentro.

Enquanto Jade ainda estava debruçada na barra, olhando o mar, Dylan se sentou no banco de madeira pintada de branco e começou a desenhá-la. Ele havia parado de desenhar há alguns anos, quando perdeu a vontade e o tempo para fazer aquilo. Depois dessa longa pausa, estava com o lápis na mão e parecia nunca ter soltado. Começou desenhando seus cabelos voando ao vento, depois descendo para seu corpo envolvido pela coberta bege.

Passados alguns minutos, ela se virou para Dylan, concentrado na folha ganhando vida com os traços de Jade. Os olhos dela desceram até o caderno, e um sorriso não só cresceu em seus lábios, mas em seu peito também. Dylan sentiu seu olhar e, quando a viu ali de costas para o sol, quis rasgar a folha e recomeçar tudo de novo. Se pudesse escolher algo para desenhar pelo resto da vida, não se cansaria de pintar Jade de todas as cores imagináveis e inimagináveis.

— Não sabia que você tinha voltado a desenhar.

— Nunca disse que parei, Murphy.

— Você não precisa dizer. Não pra mim.

Ele precisava dizer que a queria beijar tanto que até doía? Que, se pudesse pelo menos tocá-la, seria suficiente? Precisava dizer que, quando ela ria, seu coração parecia pular uma batida? Que não havia som mais gostoso do que sua voz dizendo seu nome? Ou que ninguém nunca pareceu tão linda quanto ela quando sorri? Isso ela não parecia saber.

— E de todas as coisas que você poderia pintar, resolveu *me* pintar.

Jade voltou a olhar para o mar, sentindo o cheiro salgado preencher seus pulmões.

— Não há nenhuma vista mais bonita do que a minha neste exato segundo. Você não sabe disso, porque não consegue ver.

Jade sentiu um frio na barriga e quis pular naquela água que parecia congelar, não sabendo lidar com aquela tempestade de sentimentos que crescia em seu peito. Ou nos braços de Dylan, quis pular neles também.

Segurou com força o pingente da calda de golfinho que seu avô havia lhe dado algumas semanas atrás e lembrou-se do que ele havia dito, sobre as melhores coisas serem aquelas que nos deixam sem palavras. Dylan parecia deixá-la sem palavras com frequência. Era assim que as pessoas se sentiam quando se apaixonavam, como se todas as palavras tivessem caído da boca? Ela não lembrava, fazia muito tempo desde a última vez. Cruzou os braços, arrepiando-se com o frio.

Foi até Dylan e sentou ao seu lado, apoiando a cabeça em seu ombro e olhando para o mar enquanto ele terminava de desenhar o céu. Não era possível mais ver a cidade, e Jade se sentiu aliviada depois de muito tempo, como se nada de ruim nunca tivesse acontecido ou jamais pudesse ocorrer. Dylan apoiou a cabeça na sua, sorrindo, e terminou o desenho.

— Ficou lindo.

— Você que é. Brincadeira, é o artista responsável por toda a beleza da obra.

Jade deu um soquinho em seu braço.

— Nunca me desenharam antes. Nunca alguém olhou para mim e achou que valia a pena me desenhar.

— Bom, eu poderia desenhar você o dia inteirinho.

Dylan virou e começou a procurar alguma coisa dentro da mochila e logo tirou uma garrafa térmica. Pegou um copo de isopor e derramou o líquido dentro. O cheiro de chocolate quente logo subiu e Jade podia sentir a barriga roncando.

— Deus do céu, você é um anjo!

— É o que elas dizem.

Jade revirou os olhos, mas logo em seguida riu.

Dylan inspirou fundo. A imagem de Jade no consultório no dia em que eles saíram pela primeira vez veio à sua mente. Lembrou-se de seus olhos não só transbordando lágrimas, mas dor também. Imaginou o que teria acontecido para seu coração quebrar tão profundamente que parecia intocável. O que haviam feito para que fosse a pessoa mais doce, mas ao mesmo tempo tão dura? O quanto você precisa machucar alguém para que ela decida que qualquer amor não vale o risco, que qualquer dor da solidão é mais suportável que a dor de amar ou ser amado? Jade era muito parecida com Dylan, mas ao mesmo tempo eram muito diferentes. Ele havia nascido na dor: conforme ele crescia, ela crescia junto no seu peito. Era claro isso, porque na dor ele achava conforto, era seu porto seguro, por mais contraditório que isso seja. Ele sempre andou ao lado dela, então não conseguia imaginar como seria ficar sem ela, por isso, não era ela quem o segurava, mas o contrário. Jade era diferente, era nítido. Ao contrário de Dylan, ela não havia nascido com a dor no peito, alguém a havia machucado. Você podia ver em seu sorriso, se prestasse atenção o suficiente, que a garota estava quebrando. Ela não estava acostumada com a dor, então era insuportável viver com isso — porque, ao contrário de Dylan, Jade sabia como era a vida sem ela. Viver daquele jeito era sufocante. Não havia nada naquele mundo que Dylan gostaria de fazer mais do que tirar a dor dela; queria abraçá-la tão forte que todos os seus pedaços voltariam para o lugar. Os pedaços que alguém um dia teve a coragem de quebrar.

Dylan não quis perguntar por que seus olhos pareciam tão tristes quando ela achava que ninguém estava olhando, não porque não se importava o suficiente — Deus do céu, como se importava! —, mas não queria tirar a sensação do seu peito de que estava finalmente livre, mesmo que apenas por algumas horas.

Jade fechou os olhos, concentrando-se no barulho do mar e nas gaivotas.

— Deveríamos fugir — ela disse, sua voz soando mais rouca que o normal.

— Estou pensando nas ilhas gregas.

— O mais longe possível.

— Não precisamos de um lugar só, na verdade, podemos dar a volta ao mundo.

— Isso, poderíamos colocar uma meta — Jade sugeriu.

— Cinco anos e dez países.

Jade riu:

— Eu topo.

— Seria uma honra ser um fugitivo ao seu lado.

— Acho que você seria um ótimo fugitivo.

Dylan virou-se para Jade, que retribuiu o olhar, sorrindo. Deus do céu, aquele sorriso fazia tudo valer a pena, até mesmo uma suspensão por tocar o alarme de incêndio, incentivar um garoto do primeiro ano a fumar maconha e sequestrar a filha do dono da escola. Valia muito a pena se significava fazer Jade sorrir.

Dylan levantou-se do banco, deixando-a sozinha e um pouco confusa, com seu olhar curioso. Estendeu a mão para ela, que a pegou. Talvez nunca se acostumaria com o toque dele, sempre lhe traria faíscas por todo o corpo.

— Por enquanto, no final das contas, sou só um garoto na frente de uma garota, pedindo para que ela dance com ele.

Jade começou a gargalhar e se encolheu no banco de tanto que sua barriga doía. Dylan começou a rir junto, vendo-a chorar e perder o fôlego.

— Você acabou de citar *Notting Hill*?

— É um clássico! Além disso, Murphy, eu moro com mais duas mulheres, esqueceu?

Ela pegou sua mão, deixando o cobertor para trás e juntando-se a ele. Dylan a puxou para mais perto, colando seus corpos, por mais clichê que fosse, como se os dois fossem um só. Jade encostou a cabeça em seu peito, ouvindo seu coração, lembrando que aquilo era real, e não um sonho que sua cabeça havia inventado. Dylan cheirava a limão; e ali, envolvida em seus braços, não sentia mais frio.

Jade começou a murmurar a letra de "Memory" do *Cats*, enquanto os corpos deles balançavam de um lado para o outro, agora no ritmo. Dylan apoiou o queixo em sua cabeça, sentindo o cheiro de seu shampoo de coco. Se ela estivesse ouvindo o coração dele, não teria como negar: ele estava perdidamente, honestamente e completamente apaixonado por Jade Gomez de La Cruz. Por isso, esperaria por ela. Esperaria aquele beijo que ela guardava. Esperaria até o último segundo e, quando ela finalmente decidisse que estava pronta para confiar de novo, ele a conduziria. Enquanto isso, enquanto Jade tentava se encontrar, ele se ocuparia encontrando todos os dias razões pela qual se apaixonar. Porque ali, junto de Jade, a dor não só parecia suportável, como valia a pena também.

* * *

Jade olhou para trás e viu o carro de Dylan dar a volta na rua, indo embora. Ela vestia o casaco jeans dele por cima de seu moletom de lã e não podia evitar sentir o cheiro de Dylan nas mangas longas.

Quando entrou e jogou a mochila no chão, Isabel, ao ouvir o barulho da porta se fechando, apareceu com os óculos de leitura ainda no rosto.

— Você cabulou aula? — ela perguntou, olhando para o relógio que já marcavam três da tarde.

Jade gelou, não sabia o que responder. Não iria mentir de qualquer jeito. Levando em conta que nunca fazia nada de errado e que aquela era sua primeira vez matando aula, ela tinha crédito.

— Não?! — ela disse, fazendo uma careta, esperando a pior das reações da mãe.

Isabel tirou os óculos e, enquanto mordia a ponta da armação, analisava a filha de baixo para cima, focando os olhos na jaqueta.

— Essa foi a primeira e última vez. Layla está lá em cima, acabou de subir, porque deixou os chinelos a última vez que dormiu aqui e veio buscar. Coloquei no seu closet, eu acho.

Jade sentiu o coração praticamente parando e, antes de subir as escadas correndo o mais rápido possível, pulando alguns degraus, congelou por alguns segundos.

Quando chegou no quarto, com o coração na garganta, viu Layla sentada no chão do closet, com a caixa nas mãos. Jade sentiu as lágrimas encherem seus olhos e, antes que pudesse ver alguma coisa, Layla notou a sua presença ali. Ela abriu a boca para dizer alguma coisa, pensou melhor e fechou. Pensou mais um pouco e, finalmente, disse:

— Jade, eu... eu não queria, juro! Estava só procurando meu chinelo e vi a caixa aberta, eu sinto muito...

Layla levantou-se do chão, indo em direção a Jade, e a envolveu em um abraço forte. Jade retribuiu, chorando descontroladamente no ombro da amiga, que acariciava seus cabelos enquanto lhe dizia que estava tudo bem.

— Venha aqui. — Layla sentou Jade na ponta da cama e sumiu por alguns segundos no banheiro. Voltou com uma toalha úmida gelada e passou pelo rosto de Jade, limpando suas lágrimas.

Layla reconheceu o garoto das fotos, não havia como não, pois seu rosto esteve em todos os jornais e notícias da cidade durante meses. Sem falar da escola, que fez uma homenagem a ele não só em todos os jogos de basquete dos quais ele deveria ter participado, mas também pendurou uma foto dele em seu antigo armário e colocava flores ali toda sexta-feira. Ele havia morrido em um acidente de carro dois anos atrás — o carro deslizou por conta da tempestade de neve no dia do acidente. Ele já chegou sem vida ao hospital. Connor era capitão do time de basquete, sempre andando pelos corredores com sua jaqueta grande do time.

A primeira foto que Layla pegou na caixa, agora no chão do closet, foi uma em que Jade o abraçava por trás depois de um jogo de basquete. Seu corpo era pequeno perto do dele, e seu sorriso ia de orelha a orelha. Era diferente do sorriso dela de agora, antes era ingênuo e infantil, era até como se agora ela soubesse de algo que não sabia na época. Parecia uma pessoa diferente com seu rabo de cavalo alto e suas roupas de líder de torcida.

— Eu o encontrei com outra.

Foi como arrancar seu coração fora agora ao dizer em voz alta. Ninguém sabia, não teve coragem de contar, nem mesmo para McDonald nesses últimos anos. Era humilhante demais ser arrastada para aquele dia, rever toda aquela cena. Só de lembrar, de ver os dois deitados ali juntos, sentia náuseas. Aquele dia todo havia sido um pesadelo e a última coisa que Jade queria era revivê-lo. Por isso não contou para ninguém, guardou para si mesma logo depois de receber da mãe de Connor a notícia de que ele havia sofrido um acidente.

    Jade e Connor eram melhores amigos desde que não sabiam nem falar direito. Suas mães haviam se conhecido na aula de ioga para gestantes e foi praticamente combinado que eles se casariam quando ainda estavam no útero. Eles se odiavam no começo. Connor, com cinco anos, tinha a mania de deixar uma zona por onde passava, espalhando todas as pecinhas de Lego, fazendo com que todos pisassem nelas. Além disso, mastigava de boca aberta, e isso era golpe baixo para Jade. Com oito, ele decidiu que seu passatempo nas viagens longas de carro até a chácara seria puxar os cabelos dela, e Jade só pensava em matá-lo. Aos doze, Connor começou a achar as garotas muito mais interessantes do que antes. Aos treze, disse para Jade que se casaria com ela. Com catorze anos, começaram a namorar. Se você perguntasse para qualquer um, diriam que era o destino traçado já na maternidade. Foi no que Jade acreditou; era como viver um conto de fadas. Quando perguntavam como eles haviam se conhecido, Jade não poupava nenhum detalhe, achava que toda aquela história parecia ter saído de uma comédia romântica e se sentia a garota mais sortuda do mundo. Ela era, não? Família perfeita, trabalho perfeito, namorado perfeito, notas perfeitas. Era tudo que qualquer um queria, e Jade tinha.

    Mas tudo aconteceu dois anos atrás no último domingo do ano. Fazia mais ou menos um ano que os dois estavam juntos, e Jade almoçava todos os domingos na casa de Connor. Naquele dia, havia chegado um pouco mais cedo que o normal, já que os pais tinham uma reunião e tiveram que deixá-la antes; por isso, resolveu oferecer ajuda à mãe de Connor com o almoço. Quando chegou, descobriu que a senhora McCarthy estava adiantada também e, ao ver Jade na porta, pediu para que ela fosse acordar Connor que, supostamente, ainda estava dormindo. Foi o que ela fez: subiu as escadas que levavam ao andar de cima e, enquanto caminhava pelo corredor até o quarto, cantarolava a música deles dois. Colocou a mão na maçaneta e delicadamente a girou. A porta rangeu e não precisou abri-la totalmente para ter a visão perfeita do que estava acontecendo ali. Connor dormia e, ao lado dele, uma garota de cabelos loiros tinha o rosto afundado no peito nu dele, dormindo também. O jeito como eles estavam juntos indicava que isso já era habitual. Como se ela já tivesse deitado milhões de vezes no peito dele, e ele já tivesse caído no sono milhões de vezes acariciando seus cabelos. Jade deve ter ficado pelo menos cinco minutos olhando os dois ali, não conseguia mover um músculo. Ela e Connor nunca haviam feito aquilo. Será que ele cansou de esperar por ela? Fechou os olhos e tampou a boca, tentando abafar os soluços. Se tivesse ido no horário, a garota provavelmente teria saído pela janela antes que ela chegasse e Connor a teria recebido na porta com um beijo, como se as últimas horas nunca tivessem acontecido. Sentiu o corpo inteiro queimar, queria vomitar, precisava sair dali. Não se lembrava do caminho de volta para casa, mas sabe que saiu dali em disparada, sem nem mesmo se despedir da senhora McCarthy. Correu por quinze minutos até chegar em casa. Entrou no seu quarto, trancou a porta e se encolheu na cama. Seus pulmões pareciam estar cheios d'água, e seus pés doíam como se o peso do seu corpo tivesse triplicado.

A garota parecia mais bonita… Teria sido por isso? Ou será que Jade não era tão interessante assim? Há quanto tempo estavam juntos? Eram sufocantes todas as perguntas que vinham à tona, e Jade não conseguiu mais respirar. Chorou tanto que o peito doía, agora não só pelo coração partido, mas pelos soluços que saíam. Tentou entender o que fez de errado, ou o que deixou de fazer para aquilo acontecer. Doía, como doía. Afinal de contas, ela não havia perdido só um garoto por quem estava perdidamente apaixonada, mas o melhor amigo. Connor havia escolhido trocar todos aqueles anos por uma garota qualquer, que mal o conhecia; pelo menos não como Jade. E como ele conseguiu fazer isso? Não tinha nem um pouco de consideração por todos aqueles anos? Chorou até dormir e só acordou à noite, com uma ligação da mãe de Connor. Ela havia mandado milhões de mensagens durante o dia, perguntando o que havia acontecido, mas agora não parava de ligar, e Jade não conseguia ignorar isso.

— Deus do céu! Graças a Deus, Jade... — Ela chorava. — Connor sofreu um acidente.

Jade pegou o carro dos pais, sem nem mesmo avisar, e correu até o hospital. Quando chegou lá, Connor já havia sido dado como morto, e a senhora McCarthy chorou descontroladamente em seu ombro. Ela estava ali, segurando a mãe dele enquanto o coração dela partia em milhões de pedaços, e não a garota loura. Por que Connor não pensou nisso quando resolveu dormir com outra, não pensou que um dia bateria o carro e quem cuidaria de sua mãe, viúva e agora com um filho falecido, seria Jade, e não as garotas que ele levava para a cama? Ela não chorou aquela noite; quis, mas não conseguia. Estava com muita raiva de Connor, e havia muita coisa que precisava lhe perguntar e dizer, mas nunca mais poderia fazer aquilo. Ele partiu o coração dela como ninguém, e agora havia morrido. Não havia mais nada a fazer.

Jade levou a senhora McCarthy para sua casa e deixou que ela dormisse no seu quarto. Isabel, ao saber das notícias, dormiu com a melhor amiga, que chorou em seu peito descontroladamente até cair no sono. E Jade não dormiu, nem mesmo chorou, ficou olhando para o teto da sala enquanto estava deitada no sofá que sua mãe havia arrumado para ela. Estava com raiva e magoada ao mesmo tempo, queria sair berrando por aí o quanto era injusto, o quanto doía. A sua vida, que antes era uma comédia romântica, havia virado um filme de terror. Amar leva para as nuvens; mas, quando você percebe que está sozinha lá em cima, acaba despencando. A queda estava sendo insuportável. Ela era amiga dele há anos e colocaria a mão no fogo para defender que ele nunca seria esse tipo de menino. Pois bem, ele era o próprio fogo. Ele havia ido embora, mas Jade o odiava, e aquilo não lhe parecia certo — odiar alguém que havia acabado de morrer. Por isso, colocou a culpa em si mesma, odiou-se por algo que não tinha feito. Era mais fácil ser a culpada, porque ela conseguia descontar toda aquela raiva em si mesma, já que ela havia ficado.

Durante os meses em que toda a escola estava em luto pela morte de Connor, Jade ouviu dos outros como deveria estar sendo para ela ter perdido o amor de sua vida, o namorado que estaria destinado a acompanhá-la para sempre. Ela queria dizer o quanto estavam errados, o quanto ela estava errada; e não havia mais nada a fazer, porque Connor não estava mais ali, mas então se questionava quando ele esteve. Será mesmo que conhecia aquele garoto como achou que conhecia? De repente, tudo que ela achava conhecer parecia não fazer sentido. Do dia para a noite, sua vida havia se transformado em um pesadelo sem fim. Nada parecia fazer sentido e ninguém parecia ser a mesma pessoa. Confiar parecia ser a tarefa mais difícil, então parou de tentar. Havia tantas coisas que precisava falar, tantos gritos que precisava tirar do peito, mas, por achar que não tinha o direito, transformou tudo em silêncio. Teve que fazer o discurso em seu funeral, dizer todas as coisas que faziam de Connor McCarthy o melhor namorado do mundo. Ficou na frente de todos, não reconhecendo a maioria das pessoas que estavam ali, não reconhecendo o corpo pálido e frio atrás dela, nem mesmo a garota do outro lado do espelho. Respirou fundo e contou o dia em que o namorado prometeu que se casaria com ela, quando tinham treze anos. Eles estavam fazendo dupla na aula de química, e Jade estava brava com Connor, porque ele havia dormido durante a explicação inteira do professor. Enquanto ela dizia que ele era o maior babaca preguiçoso do mundo inteiro, aquele garoto simplesmente disse que se casaria com ela. Foi tudo que bastou para que Jade parasse de xingar, ficando perplexa diante de seus olhos de um azul oceânico. Foi como se o que tivesse acabado de sair dos seus lábios fosse uma promessa — e o melhor que Jade conseguiu fazer naquela hora foi levantar a mão e pedir para ir ao banheiro. Foi daquele dia em diante, segundo ela, que descobriu que estava apaixonada pelo garoto mais irritante que havia conhecido em toda a sua vida. Chorou ali na frente de todo mundo durante todo o discurso, mas não porque sentiria falta do final feliz que sempre sonhou em ter ao lado de Connor, pelo contrário, e sim porque o amor em que ela tanto acreditava parecia nunca ter existido.

Contou tudo para Layla e não deixou de lado as partes bonitas, porque de alguma forma as partes feias não pareciam tão feias sem elas. Disse tudo que não disse naqueles últimos anos e não escondeu o quanto o odiava por ter feito o que fez. Porque, no final das contas, nada daquilo era bonito e, pela primeira vez, não achou justo consigo mesma contar a versão que sempre contou. Porque o que crescia dentro dela era feio, mas ela não era a única responsável, não era só sua culpa. Claro que amar muito alguém nunca foi um erro, mas não saber quando soltar aquilo que você jurava conhecer era. Talvez fosse hora de soltar.

Pensou que Layla acharia que era injusto o que Connor havia feito, mas que ele já havia pagado por todos os seus pecados, e Jade só estava sendo muito dura com ele. Mas a amiga continuou abraçando-a e não soltou por muito tempo. Disse para Jade que ele morrera, sim, naquele dia, mas que ela tinha todo o direito de estar brava e confusa com tudo, porque ele havia ido embora, mas isso não mudava muita coisa, porque ela tinha ficado. E ficar é muito mais duro do que ir embora.

— Não é sua culpa, Jade. Você precisa entender isso, nada disso é.

Jade assentiu, limpando as lágrimas que escorriam.

— Eu acho que preciso ficar um pouco sozinha, desculpa...

— Eu quero o melhor pra você, Jade, e entendo se você quiser ficar sozinha. Qualquer coisa, eu sempre vou estar aqui. Se precisar, me ligue que venho pra cá correndo.

Jade sorriu, apesar de sentir despedaçando o que havia sobrado de seu coração dentro do peito.

Antes de sair, Layla deitou Jade na cama e a cobriu até o queixo, tirando os fios colados com as lágrimas em seu rosto. Antes de fechar a porta, colocou a cabeça para dentro do quarto e, com um sorriso carinhoso no meio das lágrimas que agora também escorriam pelo seu rosto, disse:

— Eu amo você, Jade. Espero que você saiba disso e que fique bem logo. Vejo você amanhã na escola?

Jade não respondeu, não sabia se conseguiria dizer mais alguma coisa — era como se, depois de falar tudo que guardou por tanto tempo, tivesse acabado com seu estoque de palavras e nunca mais fosse conseguir falar de novo —, então simplesmente assentiu com a cabeça.

CAPÍTULO 13

APRENDENDO A SORRIR NOVAMENTE

Jade não foi para a escola no dia seguinte nem no outro, ficou a semana inteira dentro de casa, no closet, para ser mais exato. Não aguentava ficar na cama, que parecia que ia engolir a garota, então ficava dentro do closet, deitada no chão. Depois que Layla foi embora, Jade se aconchegou no meio dos pais na cama e contou tudo para eles. Eles não sabiam, mas não ficaram surpresos. Sabiam que Connor havia feito alguma coisa, pensaram que só tinham brigado. Isabel chorou bastante, depois de tanto tempo sem saber o que acontecera naquele dia, sabendo que a filha estava escondendo alguma coisa, era como uma tortura. Mas todo esse tempo Jade foi como uma concha que, quanto mais tentavam tocar, mais se fechava. Ficou a maior parte do tempo dentro do quarto. Pensaram que ela sairia uma hora para comer, mas não saiu, não enquanto eles estavam em casa. Às vezes, eles a ouviam andando pelo quarto, escutavam seus passos. Isabel passava horas deitada na cama com a filha, e Daniel voltava todo dia do trabalho e ficava assistindo a documentários de animais marítimos com ela. Eles queriam dar o tempo que Jade não teve todos esses anos, sabiam o quanto tinha sido difícil contar para eles o que aconteceu e sabiam que ela precisava de um tempo em casa. Jasmin esperava que a irmã mais velha descesse para assistir a um desenho com ela ou pelo menos desse seu banho como sempre fazia, mas o tempo parecia se arrastar — e nada de Jade.

Ficamos preocupados, mas Layla estava estranhamente calma. Dizia que provavelmente ela estava doente ou coisa do tipo, mas ela sabia de algo que não queria nos contar, parecia preocupada também, apesar de tentar não demonstrar. Jade não respondia às mensagens, nem às ligações. Quando um de nós batia em sua porta, ninguém atendia; quando os pais estavam, diziam que Jade não estava se sentindo bem. Mas você podia ver, nas bolsas debaixo dos olhos de Isabel, que alguma coisa estava errada.

Era sábado à noite, e Dylan não aguentava mais aquela tortura. Sabia que a irmã escondia o que havia acontecido, e aquilo estava deixando-o atordoado. Entrou no quarto de Layla abrindo a porta bruscamente, fazendo com que a irmã pulasse de susto. Ela estava fazendo dever de literatura e, quando o viu ali, sabia do que se tratava. Não iria contar, de qualquer jeito. Engoliu em seco e cruzou os braços, fechando a blusa.

— Desculpa — ela disse, olhando para as meias listradas.

— Por...?

— Não te contar. Eu não posso mesmo, Dylan, mas acho que você deveria ir lá. Jade acha que não precisa, mas nós sabemos que ela não quer ficar sozinha de fato.

Dylan apoiou a cabeça no batente da porta e cruzou os braços, suspirando alto.

— Ela não vai me deixar entrar.

— Ela não precisa deixar. O quarto dela fica de frente para a rua, no segundo andar, o da direita.

Dylan saiu correndo pela rua o mais rápido possível. Era por volta das nove, e talvez tenha sido a noite mais fria daquele mês. Outubro estava acabando e em novembro esfriava ainda mais. Durante esse período, em Portland, as temperaturas chegavam a menos de zero. Até a casa de Jade, davam mais ou menos quinze minutos; mas, com aquele frio, pareciam anos.

Quando chegou, tentou lembrar do que Layla havia lhe dito antes: o quarto dela era no segundo andar, de frente para a rua, o da direita. O quarto que correspondia à descrição de Layla era o único com a luz apagada. Ele tinha uma varanda e, se pulasse alto o suficiente, conseguiria alcançar as barras. Atravessou o jardim de frente da casa dela e tomou um susto quando a luz da porta da frente acendeu. Congelou por alguns segundos ali e esperou que alguém saísse, mas a iluminação provavelmente era ativada por sensor, porque ninguém apareceu. Dylan lembrou-se do cachorro de Jade e torceu para que ele não aparecesse e começasse a latir.

Tentou alcançar a grade da varanda uma vez, pulou bem alto, mas não chegou nem perto. Tentou de novo e, quando voltou para o chão, perdeu o equilíbrio e caiu. Esperou alguns segundos para ter certeza de que ninguém havia escutado. Respirou fundo antes de tentar de novo. Pulou mais alto desta vez e finalmente alcançou a grade. Colocou a outra mão nela e, com um impulso, tentou alcançar com os pés o piso da varanda, tendo sucesso. Pulou a grade e se deparou com a janela do quarto de Jade, que estava com as cortinas cor-de-rosa fechadas. Dylan respirou fundo e bateu na janela, esperando que Jade ouvisse. Estava congelando do lado de fora e, na tentativa impulsiva de conseguir falar com ela, saiu com sua calça de moletom e uma camiseta branca. Se ela não o ouvisse, ou resolvesse não abrir a janela, ele oficialmente congelaria ali. Não respondeu, ele não a ouviu se mexer ali dentro, então bateu de novo, agora mais forte, e não parou até ela abrir. Seu plano funcionou, porque logo ouviu Jade pisando forte até ele e abrindo a cortina bruscamente, mas não a janela.

— Dylan?

— Murphy.

Seus olhos foram parar nos braços nus dele, e logo abriu a janela, puxando-o para dentro. Dylan olhou em volta e viu tudo fora do lugar, esparramado pelo chão. Quer dizer, não é como se tivesse estado ali antes para saber onde cada coisa ficava, mas parecia que um furacão havia passado. Olhou para trás e viu Jade de braços cruzados, observando como se estivesse vendo um fantasma. Seus cabelos estavam presos em um coque completamente desarrumado, e ela vestia uma camiseta que ia até os joelhos. A ponta de seu nariz estava vermelha, como se tivesse chorado o dia inteiro, e seu lábio inferior tinha um pequeno corte no canto, sabia que ela o mordia quando estava nervosa. Vê-la assim partia seu coração; mas, mesmo em seu pior estado, Jade não parecia nem um pouco menos bonita. Ele se aproximou dela, que ainda o olhava de braços cruzados na frente da janela.

— O que você está fazendo aqui, Dylan? Você veio a pé?

Ele assentiu, agora sentindo um pouco menos de frio.

— Você não pensou em pelo menos pegar um casaco?

Jade foi até sua cama, o único espaço do quarto inteiro que não havia sido alvo do que raios havia acontecido naquele quarto. O que não fazia o menor sentido, porque, se Jade estava trancada ali durante todos aqueles dias, a cama deveria estar bagunçada e não intacta. Pegou a coberta ali em cima e a envolveu em Dylan, esfregando as mãos em seu braço, numa tentativa de aquecê-lo.

— Estava ocupado demais pensando no porquê de você ter desaparecido durante uma semana inteira. Você tem ideia do quanto todos estamos preocupados?

Jade sentou-se na cama, sentindo as lágrimas virem. Era mais difícil agora que tinha mais pessoas que se preocupavam de verdade com ela, porque não podia simplesmente sumir e tinha esquecido daquilo.

Dylan olhou para o lado, frustrado, e viu a porta do closet aberta. Viu alguns travesseiros no chão e uma coberta, então olhou para Jade, que olhava para o chão. Ela estava dormindo no chão todo aquele tempo, dentro do closet, por isso a cama arrumada.

— Você não sai desse quarto há quanto tempo?

Ela continuou olhando para o chão, sem ter coragem de olhá-lo nos olhos. Ficar perto de Dylan fazia Jade se sentir invencível; porém, naquele momento, se sentia a pessoa mais fraca do mundo diante dele. Então ela não respondeu, porque sabia que o desapontaria. De qualquer forma, não precisava, ele já sabia sua resposta.

Dylan se ajoelhou na sua frente, colocando suas mãos congeladas na pele morna de suas pernas. O toque dele provocava ondas de eletricidade em seu corpo, e sentiu suas pernas se arrepiarem.

— Eu preciso que você me conte o que está acontecendo, Jade, senão eu não consigo ajudar. Ninguém consegue se você não nos contar o que há de errado.

Jade colocou a mão na frente do rosto e começou a soluçar alto enquanto chorava. Estava muito cansada de chorar; quando finalmente conseguia parar por um minuto, começava tudo de novo. Chorava tanto que seu peito doía e seus lábios tremiam. Dylan tirou as mãos da frente de seu rosto e as acariciou.

— Jade, olhe para mim — ele pediu, e ela obedeceu. — Você não precisa se esconder, não de mim.

Jade pulou em seu pescoço e, enquanto os dois estavam ali no chão, ela continuou a chorar em seu ombro. Doía vê-la daquele jeito, era como se perfurassem seu peito. Acariciou o cabelo dela, enquanto sussurrava que ficaria tudo bem. Ficou ali por alguns minutos, como fazia com Layla ou Josh quando um deles ficava assustado com mais uma briga em casa. Quando finalmente se acalmou um pouco, ele a ajudou a se levantar da cama e sentou-se ao lado dela. Enquanto segurava sua mão, perguntou o que havia acontecido mais uma vez, e Jade, tomando toda a coragem que havia sobrado, contou tudo o que havia dito para Layla, mas daquela vez foi mais difícil, porque era para Dylan. Quando estavam perto, queria mostrar que era a garota mais durona que ele já havia visto, mas agora parecia uma menina ingênua e quebrada. Não gostava de se sentir assim, não na frente de Dylan. Não queria que ele a achasse fraca, ou até mesmo problemática. Sentia-se patética contando tudo o que havia acontecido.

Ele passava a mão em seus cabelos enquanto ela falava, e só parava quando beijava o topo de sua cabeça. Quando ela terminou de contar, estava deitada com a cabeça em cima do peito de Dylan; e a cama, que durante anos parecia não ser dela, ficou tão confortável que cogitou nunca mais sair. Quando as lágrimas diminuíram, sentiu o sono bater e, enquanto ouvia o coração de Dylan, fechou os olhos.

— Sabe, Jade, se é perdão que você procura, eu te dou, todos nós damos. Mas o único perdão que você realmente precisa é o que vem de si mesma.

Jade fungou.

— Essa é minha fala.

— Então você deveria ser a primeira a ouvi-la. Porque, sério, Jade, ele morreu e isso nunca deveria ter acontecido, mas não muda o fato de que o que ele fez com você foi errado. Você tem todo o direito de ficar com raiva, principalmente por nunca ter tido a oportunidade de dizer a ele como você se sentia a respeito, mas é injusto descontar tudo isso em você por não sair por aí falando o quão escroto ele era. É errado com você mesma; e, se ele não conseguia respeitar você, você precisa fazer isso. Ele não escolheu você, então se escolha.

Dylan sentiu as lágrimas de Jade molharem sua blusa. Tê-la deitada nele o lembrou do dia em que a levou para o barco. Naquele momento eles pareciam dançar, flutuar nas nuvens como se fossem um só. Ela estava apaixonada por ele, sem dúvida. Talvez estivesse desde a primeira vez que o viu no consultório, mas o medo de admitir era maior. Porque doeu muito confiar e se abrir para alguém; por isso, inconscientemente, criou essa barreira enorme que impedia qualquer outra pessoa de entrar. Apesar do que sentia por Dylan, tinha receio de se machucar de novo. Com Connor jamais achou que ele faria algum mal. Mas ela queria arriscar: se errasse com Dylan de novo, ele seria o melhor erro dela. Connor falava muito sobre sempre estar lá quando ela precisasse, mas nunca realmente esteve. Ele falava muito, mas as palavras dele não valiam nada, porque nunca eram compatíveis com suas ações. Dylan falava, mas fazia muito mais do que Connor fez em todos aqueles anos.

Jade olhou para a porta do quarto fechada e, como se estivesse prestes a pular de um penhasco, levantou a cabeça de seu peito e o olhou nos olhos.

— Você pode ficar aqui? Até pelo menos eu dormir?

— Eu faço qualquer coisa que você quiser, Jade.

Ela deitou a cabeça de novo em seu peito e jogou seus braços ao redor de sua cintura. Inspirou fundo na blusa dele, sentindo seu cheiro de limão, e lembrou-se de que sua jaqueta jeans ainda estava em seu closet.

— Conte alguma coisa sobre você, Dylan, alguma coisa que ninguém saiba — disse, fazendo voltas com a unha no seu peito.

O rapaz pensou por alguns segundos.

— Quer saber dos meus podres, Murphy? — Ele riu.

Sentiu o peito dele vibrar com sua risada, e aquela foi, de longe, a melhor sensação.

Ela assentiu, puxando as cobertas para mais perto do corpo deles.

— Hum, quando eu era pequeno, com uns seis anos, a gente não ia a pé pra escola, obviamente. Então, toda vez que eu não queria ir pra escola, pegava as chaves do carro da minha mãe e as escondia dentro do aquário.

Jade começou a gargalhar alto e logo colocou a mão na boca para abafar o som, com medo de que alguém ouvisse.

— Você é maluco!

— Sem dúvidas. — Ele riu junto. — Agora me conta uma sobre você.

— Você vai me odiar se eu te contar isso...

Dylan levantou o rosto de Jade delicadamente com a mão.

— Ei, ei, eu jamais conseguiria te odiar, mesmo se eu quisesse.

Jade apoiou o queixo em seu peito, olhando nos olhos dele.

— Sabe quando a pessoa é enterrada, e cada um joga um pouco da terra?

Dylan assentiu.

— Quando Connor morreu, eu joguei uma flor junto. Joguei uma margarida e eu sabia que ele era alérgico.

Dylan riu, enquanto Jade o olhava com os olhinhos lotados de culpa.

— Quando eu era pequeno, mergulhei a escova do meu pai na água da privada e depois coloquei no mesmo lugar.

— Quando eu tinha treze anos, enterrei o controle da televisão no quintal, porque só colocavam programas chatos para Jasmin assistir, e eu não aguentava mais a Peppa Pig. Acho que ainda está lá no quintal.

Foi a vez de Dylan colocar a mão na frente da boca para abafar a risada. Jade desejou nunca mais sair dali, queria ficar deitada no peito dele para sempre. Não havia lugar em que ela se sentia tão segura quanto em seus braços.

— Somos pessoas horríveis. — Ela riu.

— Somos.

Dylan suspirou. Olhou para o teto do quarto dela e viu algumas estrelinhas que brilhavam no escuro coladas ali. Deveriam ser velhas, porque o brilho estava quase apagando.

— Já pensou em pintar seu quarto?

— Hum, já, na verdade. Sempre quis pintar essa parede atrás da minha cama. Faria o pôr do sol no mar.

— Então por que nunca fez?

— Nunca achei alguém pra pintar.

Dylan assentiu.

— Entendo.

Os dois ficaram em silêncio por alguns minutos, apenas ouvindo o vento gelado soprando forte contra a janela do quarto. O peito de Dylan subia e descia levemente, fazendo com que lutar contra o sono fosse inútil para Jade.

— Acho que estou apaixonado por você, Jade.

O coração dela pareceu parar de bater. Sentiu o maior dos sorrisos formar em seus lábios e sentiu também o gosto salgado das lágrimas.

— Há alguma coisa em particular pela qual se apaixonou em mim?

— Tem algo não apaixonante em você?

Dylan desviou o olhar de seus óculos e baixou para seus lábios. Levou sua mão até as faces macias de seu rosto, e a acariciou com os dedos longos e finos. Ela havia guardado aquele beijo por muito tempo e nunca quis tanto dá-lo para alguém. Pensou se sabia ainda fazer aquilo — desde Connor, há dois anos, não havia beijado ninguém. Talvez tivesse perdido o jeito, talvez beijasse mal. Antes que pudesse se encher de mais dúvidas e críticas, Dylan puxou seu queixo delicadamente e juntou seus lábios. É uma comparação idiota, mas foi como, depois de muito tempo, achar a peça do quebra-cabeça que você estava procurando. Pareceu tão certo. No começo, foi como um beijo de saudades, como se eles tivessem esperado por aquilo durante muito tempo. E esperaram, por isso só pararam quando tinham sugado todo o oxigênio do quarto. Dylan sentia o gosto salgado das lágrimas dela e o sorriso que se formou em seus lábios no final. Jade afastou o rosto do dele, ofegante, e, enquanto passava o polegar pelos seus lábios para ter certeza de que aquilo era real, disse:

— Você acredita em universos paralelos?

Ele riu com a espontaneidade daquela pergunta.

— Acho que sim — respondeu.

Jade deu um beijo rápido nele e voltou com um sorriso nos lábios.

— De todas as infinitas vidas, a minha preferida é essa.

* * *

Quando Jade acordou, Dylan não estava mais ao seu lado. O lugar que ele ocupava na cama na noite passada estava vazio. Ela se jogou para o outro lado da cama, procurando os tênis de Dylan ali, mas não achou nada. Não sentiu só a cama vazia quando levantou e foi para o banheiro; antes de descer para a cozinha, olhou para o espelho e viu o quanto parecia mais magra e pálida. O único lugar do seu corpo que parecia ter cor era o seu lábio, com um corte no canto. Comia quando os pais saíam: às vezes algumas bolachas, outros dias só iogurte. A comida não parecia descer, não sentia fome. Agora, olhando para o espelho, estava clara a consequência daquilo.

Antes de descer, vestiu uma calça jeans e um moletom, e prendeu o cabelo em uma trança frouxa. Os avós chegariam dali a algumas horas para o almoço de domingo, e não queria que eles a vissem daquele jeito, então passou um pouco de rímel e gloss.

Quando abriu a porta do quarto, ouviu conversas e risadas altas. Olhou para o relógio no pulso e viu que não passava nem das dez — seus avós não chegavam antes da uma. Desceu as escadas com cuidado, sentindo-se fraca e mole, sua pressão deveria estar muito mais baixa que o normal. Viu latas de tinta na frente da porta e franziu a testa. Quando chegou na cozinha, viu seus pais tomando café no balcão e Dylan de costas para eles, enquanto preparava alguma coisa no fogão. Ficou ainda mais confusa e limpou a garganta, avisando que estava ali.

Ao vê-la apoiada no batente da porta, sua mãe derrubou a caneca de café com o susto, deixando que o líquido quente escorresse do balcão até o chão.

— *Dios mio...* — murmurou.

— Bom dia, filha! — Daniel falou, levantando-se, indo até a filha e lhe dando um beijo na testa. — Dylan disse que vocês vão pintar seu quarto, então o convidamos para entrar enquanto você não acordava. Você sabia que ele faz ótimas panquecas?

Jade lembrou-se da conversa na noite anterior, sobre ela querer pintar o pôr do sol no mar atrás de sua cama. Sabia que Dylan era ótimo em desenhar, lembrando-se da vez em que ele havia feito um desenho dela. Para isso então que serviam as latas de tinta na frente da porta.

— O que Dylan não sabe fazer, pai? — ela riu.

Isabel, enquanto limpava o chão sujo de café, deixou a cabeça baixa, tentando disfarçar as lágrimas que enchiam seus olhos. De madrugada, quando passou para ver se estava tudo bem com a filha, ficou surpresa ao vê-la na cama, principalmente quando chegou mais perto e a viu aninhada com Dylan. Em qualquer outra situação teria colocado o garoto para fora de casa com a vassoura, mas viu como ele tinha a mão pousada em suas costas, e em como a cabeça dela estava deitada em seu peito. Eles não haviam feito nada. Isabel confiava com todas as forças em Jade, então saiu sem fazer qualquer barulho, porque viu que, pela primeira vez na semana, Jade não estava chorando enquanto tentava dormir no chão do closet. Agora sabia que o principal motivo para ter saído da cama e descido para a cozinha naquela manhã era Dylan. Do jeito que Jade se fechou por tanto tempo, Isabel chegou a questionar se um dia se abriria para outra pessoa.

— *¿Ya te conté que Dylan era mi mejor alumno?*

Jade cruzou os braços, levantando uma sobrancelha. Dylan, que agora colocava as panquecas em um prato no balcão, olhou para ela com um sorriso como o de quem havia acabado de ser pego.

— *Es porque tenía el mejor profesor.*

Daniel riu, dando tapinhas de leve nas costas do rapaz. Jade pensou que não havia como se apaixonar mais por Dylan — mas, enquanto ela ouvia com o queixo apoiado na palma da mão ele conversando com seus pais, seu sentimento aumentava ainda mais. Comia suas panquecas deliciosas com Nutella e o ouvia falar sobre como Josh estava ficando cada vez mais inteligente e quanto Layla estava melhor ainda com suas fotografias. Fala sério, de jeito nenhum você poderia estar ali e não se apaixonar por ele.

Pelo jeito, Daniel havia dado aula para os três irmãos e só tinha coisas boas para falar sobre eles. Enquanto Isabel e Dylan lavavam a louça, Jade e Daniel tiravam a mesa. O pai chegou perto do ouvido dela e cochichou:

— Gosto muito dele, filhota.

Jade virou-se para Dylan, que fazia Isabel rir de algo que ele havia acabado de dizer, e sorriu. Olhou para o pai de volta, que lhe deu um beijo na testa.

Depois que a cozinha estava limpa, Dylan e Jade subiram e desceram várias vezes para levar as latas de tinta até o quarto. Começaram empurrando a cama para o outro lado do quarto, mas, por ser pesada, demoraram alguns minutos para colocá-la perto da porta. Forraram o chão com jornal, para não sujar o piso de madeira.

— *No sabía que hablas español.*

Dylan sorriu, agora um pouco envergonhado. Colocou uma mecha que caía da trança dela para trás da orelha e beijou a ponta de seu nariz. Chegou mais perto de seu rosto, Jade sentia a respiração mais forte, o peito subindo e descendo.

— *Todo para conquistar a la chica* — sussurrou em seu ouvido.

Jade riu, empurrando seu peito, e logo em seguida, puxando Dylan pela gola da blusa, deu-lhe um beijo demorado. Imaginou se um dia seria possível cansar daqueles lábios.

Depois de mais ou menos cinco minutos mexendo com as tintas, Jade descobriu que, além de ser péssima pintora, a tinta atacava muito sua rinite. Por isso, pegou no armário do banheiro uma das máscaras descartáveis que costumava usar no abrigo e a colocou. Sentou-se no jornal e abraçou as pernas, vendo Dylan fazer o que ele fazia de melhor: trazer beleza a tudo ao seu redor. Ele havia aberto a janela e as cortinas antes de começar, deixando o ar frio e a luz do sol entrar. Era tudo muito diferente ali com ele, não parecia o mesmo quarto em que se sentiu presa todos aqueles anos. Não só porque agora estava forrado de jornais no chão e cores na parede, mas talvez fosse o ar que se tornara mais leve. Ele não parecia mais pesar em seus pulmões como uma âncora que a prendia na cama. Sentia que era um dia novo depois de uma noite muito longa, e era bom ver a luz do sol para variar um pouco. Jade ainda não estava tão bem como gostaria, mas não estava tão longe disso. Não fazia sentido ainda; aquela dor que apodreceu em seu peito não parecia justa, mas não precisava mais impedi-la de seguir em frente.

No final das contas, Connor a havia machucado, mas ela não precisava se odiar para continuar amando. Talvez sempre fosse amá-lo, sem dúvidas ainda o amava, mas não gostava da pessoa que ele havia se tornado. Mas isso é com ele. As dores que causou deveriam ter sido enterradas com ele, mas, se nem as coisas boas foram, como as coisas ruins também seriam?

Jade olhou para o lado e, no chão do closet, viu a caixa de papelão ao lado de sua cama improvisada. Havia revirado essa caixa só na última semana, depois de anos guardada com seus sapatos, mas isso não impediu que tudo que estava guardado dentro dela a revirasse nos últimos anos. Connor não foi embora naquele dia no acidente, e ela não havia ido embora de sua casa no dia em que o viu com outra garota: ele fora embora fazia muito tempo, nas conversas em que não parecia estar presente, ou quando alegava estar muito cansado para sair nos finais de semana. E ela ficou revivendo aquele dia em que o viu pela última vez, sentindo todas aquelas dores como se fosse a primeira vez. Ela nunca o deixou, nem quando deveria. Mas não queria mais chorar as mesmas lágrimas toda noite por alguém que não a amou como deveria. Porque procuramos amor em pessoas como se precisássemos daquilo para sermos amadas, mas quando a noite chega e tudo fica confuso, estamos sozinhas, e o único amor que conseguirá iluminar nosso caminho de volta é o amor-próprio. Amar Connor nunca foi um problema, mas esperar que o amor dele a fizesse se amar mais, foi.

* * *

Jade pegou o celular no bolso de trás da calça jeans e sorriu ao ver a foto de plano de fundo. Layla e ela haviam tirado aquela foto em uma das vezes que a amiga veio dormir em sua casa depois do sábado de pipoca. Eram mais ou menos quatro da manhã, e as duas tiveram a ideia de preparar o maior sundae que conseguissem, claro que com muita cobertura de chocolate. Jade, enquanto Layla picava os morangos, pegou o chantilly e fez uma monocelha nela. De vingança, Layla fez nela uma barba e, enquanto tinham um ataque de risada, tiraram a foto. Era bom ter uma amiga de verdade — Jade não se lembrava de ter tido alguém como Layla antes. Procurou o número dela em seus contatos e mandou uma mensagem.

"Bom dia, princesa, o que me diz de sairmos amanhã depois da escola?"

Depois de alguns minutos, seu celular vibrou em sua mão.

"Deus do céu, Jade, um dia você me mata do coração, nunca mais faça isso! Eu topo, onde?"

Jade respondeu na hora:

"Amanhã falo."

"Medo do que você está aprontando."

Colocou o celular de volta no bolso e voltou sua atenção a Dylan, que começava a desenhar o sol se pondo.

* * *

Esqueça essa ideia de que o amor vai lhe salvar — ele pode até ser sua corda, mas não é ele quem a segurará por você. Dylan não a havia salvado; depois de milhares de consultas terapêuticas e remédios, não era ele quem milagrosamente fez todos os seus problemas desaparecerem da noite para o dia. Nenhum antidepressivo lhe dá razões pelas quais viver. Olhando Dylan pintar, perguntou se iria chover no dia seguinte ou o que teria no almoço na escola; e quis esperar o amanhã para ver.

Enquanto o via afundar o pincel na tinta laranja, percebeu que aquilo demoraria mais que um dia. Mas tudo bem, porque seria só mais uma desculpa para tê-lo ali. Deus do céu, nem acreditava que ele realmente estava pintando seu quarto.

— Você deveria voltar para as aulas de artes.

— Não sei se posso entrar no meio do curso, Murphy.

— Pode sim.

— Como você tem certeza?

— Essa foi uma pergunta séria?

Dylan sabia que a família dela era dona da escola, mas não queria usar qualquer desculpa que viesse em sua cabeça:

— Meu pai acha besteira.

— Desde quando você liga para o que seu pai fala?

— Desde que ele paga minha escola — ele retrucou.

— Corta essa, Reynolds, as atividades extras não são pagas. Para de mentir e me conta logo a verdade.

Ele deu de ombros, misturando um pouco do laranja com o branco.

— Sei lá, as pessoas são muito talentosas lá, não parece ser o meu lugar.

Jade levantou-se do chão quase num pulo, foi até Dylan e o virou pelo braço. Suas mãos pequenas e geladas agarraram o antebraço dele, ao mesmo tempo que sentia os pelos do seu braço se arrepiarem com o toque.

— Essa foi a verdade mais mentirosa que eu já ouvi.

— Isso foi uma antítese, Murphy — ele disse, olhando para os jornais no chão, evitando os olhos de Jade. Era um tanto vergonhoso admitir aquilo, abrir suas inseguranças ali como se não fossem nada.

Jade levantou o queixo de Dylan e passou a mão pelo rosto dele como se quisesse decorar cada detalhe seu.

— Tudo que você faz é perfeito, Reynolds. Tudo que você toca, transforma em arte. Você falar que não é bom é contraditório.

— Você era uma obra de arte muito antes de eu me aproximar.

Jade tombou a cabeça para o lado, rindo da mania dele de fazer cantadas bregas. Abaixou um pouco o corpo como se fosse beijá-lo e, discretamente, pegou um dos rolos mergulhados na lata de tinta laranja e, num movimento rápido, passou tinta da barra da blusa branca de Dylan até a testa dele. Ao vê-lo todo pintando e sem reação, Jade começou a rir. Apoiou as mãos no joelho e se curvou, sentindo a barriga doer de tanto gargalhar.

— Não, você não fez isso!

Antes que pudesse voltar à posição normal, Dylan pegou o rolo do chão e o afundou no balde de tinta vermelha, esfregando em seguida nas costas dela. Quando Jade se endireitou para fugir dele, Dylan a segurou pela cintura e passou o rolo em seu rosto. Os dois riam tanto, que esqueceram que era possível sentir qualquer dor além da barriga. Quase não ouviram as batidas de porta do lado de fora e a voz de Isabel gritando para que os dois descessem para o almoço. Seus avós haviam chegado, sabia não só pelas portas do carro batendo, mas pela voz de Maria contando sobre como Ricardo estava roncando alto nas últimas noites. Olhou para Dylan, que a olhava também quieto, prestando atenção na conversa de fora. Não sabia o que fazer naquele momento, não sabia que Jade almoçaria com a família toda naquele dia. Não queria atrapalhar o almoço deles, então ficou olhando para Jade, esperando ela dizer o que fazer.

— Eu não sabia que você ia almoçar com sua família hoje.

— Almoço de domingo.

— Eu deveria ir embora, então.

— O quê? Por quê?

— Seria grosseria ficar.

— Seria grosseria ir embora.

— Gosta de sempre estar certa?

— É um hobby.

Dylan revirou os olhos.

Passava a mão pelas mechas soltas da trança de Jade, enquanto as mãos dela envolviam sua cintura. Jade passou a mão na sua blusa branca manchada de tinta laranja e fez uma careta como se tivesse acabado de comer algo azedo. Olhou para a mão, agora também suja de tinta.

— Você precisa de outra blusa.

Ele assentiu, rindo.

Jade passou a mão suja na calça jeans, na tentativa de limpá-la, mas a tinta já estava seca.

— Bom, não trouxe outra.

— Pode ficar sem, então... Minhas avós adorariam.

Dylan apoiou a testa no ombro dela, rindo.

— Você fala muita besteira, Murphy.

Jade pegou uma blusa do Yankees no armário do seu pai e deu para Dylan vestir; enquanto ele se limpava no banheiro, ela pegou uma muda de roupa e se trocou também. Enquanto se trocava, pensou em não olhar no espelho, talvez ficasse mais feliz se não passasse o dia se concentrando em defeitos que só ela enxergava. Virou de costas e começou a se trocar. Lembrou-se daquela manhã, quando acordou e se olhou no espelho, sua pele pálida e mais magra. Pensou no que diria se fosse Jasmin em seu lugar, se fosse a irmã dela se olhando no espelho e não se reconhecendo. Ela escolheria palavras mais doces, diria que ela era linda de qualquer jeito. Que o espelho mente, que ele mostra coisas que não estão lá e não mostra as que estão. Mesmo assim, ela nunca deveria se resumir àquilo que vê quando se olha no espelho, pois ela é muito mais do que os olhos podem ver. Sim, com certeza diria isso para Jasmin. Então por que é tão difícil dizer isso para si mesma? "Você tem que ser gentil consigo mesma também, não só com os outros", pensou. Se Jade conseguia falar coisas bonitas para as outras pessoas, por que então não falar para si mesma quando se olha no espelho?

Não. Ela olharia para o espelho. Amar-se não deveria se aplicar só quando você está com o cabelo bonito e as unhas feitas — deveria ir muito além. É mais fácil quando você parece não precisar tentar. É mais fácil quando tudo está em seu devido lugar e você acha que tem tudo sob controle.

Foi virando o corpo de frente para o espelho lentamente, com os braços cruzados na frente do peito com frio. Pegou a toalha de rosto e deixou a torneira aberta, esperando a água esquentar. Depois de umedecê-la, fechou a torneira e passou a toalha nos lugares ainda sujos de tinta. Antes de sair do banheiro, tentou decorar cada detalhe de seu rosto. Todas as imperfeições e perfeições. Não para depois ficar o dia inteiro pensando nelas, com medo de ser olhada e os outros verem o que ela via, mas sim porque eram partes dela. Nós somos a soma de todas as nossas partes, e isso significa as partes que consideramos feias.

Enquanto descia as escadas rapidamente, as vozes da sala foram ficando mais altas. Jade parou no último degrau e dali viu Dylan e seu avô na sala. Os dois estavam sentados no sofá, completamente concentrados no jogo de futebol que passava na televisão. *Abuelo* Ricardo gritava palavrões quando algum jogador perdia a bola, o que fazia com que *abuela* Maria tampasse os ouvidos de Jasmin e resmungasse que lavaria a boca dele com sabão. Era engraçado vê-lo assim; normalmente, ficava bem quieto assistindo aos jogos, talvez por ser o único ali que gostava e não havia ninguém que pudesse acompanhá-lo nos gritos de frustração. Bom, hoje era diferente, em muitos aspectos. Ao se aproximar do sofá, ela tomou um susto quando *abuelo* e Dylan pularam do sofá e gritaram "gol" o mais alto possível. Maria, que estava dando pedaços recém-picados de pêssego para Jasmin, pulou da cadeira. Jade olhou em volta do cômodo, procurando algum sinal de seus pais e Rosa. Não os encontrou, por isso deduziu que estariam na cozinha preparando a comida. Então sentou-se no sofá ao lado do *abuelo* e apoiou a cabeça em seu ombro, recebendo um beijo ali.

— Olá, *mi amor*.

— Acho que você já conhece o Dylan, pelo jeito...

Um dos jogadores, supostamente do time adversário, pareceu se jogar no gramado ao esbarrar com outro, o que fez Dylan e *abuelo* jogarem as mãos para o alto e gritarem, frustrados. Jade fez uma careta por causa do grito que havia acabado de ouvir a centímetros de seu ouvido. Esses dois se mereciam mesmo.

— O que você disse, *mi amor*?

—Acho que estou grávida do vizinho, sabe? Aquele Peter que sempre anda por aí como se tivesse acabado de cair da cama? Estamos combinando de fugir para o México, mas queria sua permissão antes. — O avô gritou para que o jogador se levantasse logo do chão. — Posso, *abuelo*?

Abuelo Ricardo demorou para perceber que estavam falando com ele.

— Hã? O quê?... Quer dizer, claro, *mi amor*.

Dylan olhou do outro lado do sofá para Jade, rindo.

Ficaram ali talvez por uns quarenta minutos, até que Rosa anunciasse que a comida estava quase pronta. Ao ouvir aquilo, Dylan levantou-se e foi até a cozinha, querendo saber onde ficavam os pratos e talhares para poder ajudar a arrumar a mesa. Rosa olhou para Isabel com uma sobrancelha levantada e um sorriso surpreso nos lábios quando o garoto virou com os pratos na mão em direção à sala.

Jade levantou a cabeça e olhou para trás, vendo Dylan colocar os pratos na mesa enquanto ria de alguma coisa que Maria havia acabado de dizer para ele. Então olhou de volta para seu avô, que tinha os olhos fechados agora que as propagandas tomavam o lugar do jogo que havia acabado.

— *Abuelo?* — sussurrou.

— Mocinha? — respondeu, ainda de olhos fechados.

— O que achou dele?

— Por que importa? Quer dizer, sua mãe disse que vocês eram só amigos...

Ela sentiu seu coração disparar.

— E somos.

Abuelo Ricardo abriu os olhos, agora um pouco vermelhos pelo tempo que ficaram fechados. Jade olhou para eles como se a resposta da sua pergunta estivesse bem ali.

— Ele sabe disso? — O avô riu.

Ela revirou os olhos.

— Ele deixa você sem palavras?

Ela sorriu, olhando para as mãos finas, lembrando da noite anterior em que caiu no sono deitada em seu peito.

— Sem palavras, sem ar, sem reação.

O avô sorriu. Pegou sua mão, fazendo com que ela levantasse o rosto e o olhasse. Talvez todas as respostas do mundo estivessem mesmo ali, mergulhadas em seus olhos, bastava ter coragem para nadar até o fundo.

— Ele pareceu ser ótimo, *mi amor*. Gostei muito do mocinho.

Depois que Dylan pôs a mesa e todos foram comer, Jasmin fez questão de se sentar ao lado dele. Durante todo o almoço, não fez bagunça com a comida, usando os talheres, inclusive. Jade ficou boquiaberta com aquela cena: todos esses anos dando o sermão das bactérias na irmãzinha, mas tudo que bastou para que ela se comportasse foi colocar Dylan ao seu lado.

O foco ficou todo no rapaz durante a refeição, sobre o que ele cursaria na faculdade, seus hobbies e em como era um ótimo aluno, segundo Daniel.

Normalmente, os almoços se resumiam a conversas do tipo "Jade não comeu só abacate com torradas hoje, foi mais rebelde e acrescentou ovos" ou "Ela saiu um pouco do quarto na sexta-feira à noite, ficou na sala assistindo à televisão. Incrível, não é mesmo?". Era como se ela fosse a irmã mais nova, e não Jas; e tudo o que ela fazia considerado "fora da rotina" era como se fosse um milagre. Ela sabia que eles só estavam felizes e orgulhosos por ela, e que qualquer passinho ia em direção à "superação", mas era irritante ser tratada como uma doente em recuperação. Ao ver que todos olhavam para Dylan como se ele fosse a coisa mais interessante, e não para ela como se precisasse da pena dos outros, percebeu que era tudo de que precisava. Todos estavam muito interessados no garoto que havia conseguido derrubar todas aquelas barreirinhas que Jade havia criado em volta de seu coração nos últimos anos, impedindo que qualquer um chegasse perto. Ela ria junto com os outros quando alguém fazia um comentário engraçado, mas não prestava atenção na conversa em si, só observava tudo aquilo em sua volta e sentia o coração se envolvendo com toda aquela sensação boa que Dylan trazia. Era a calma depois de uma tempestade muito longa, quando você ouve as gotas caindo do telhado e os passarinhos cantando, avisando que agora é seguro sair.

Depois da sobremesa, Jasmin implorou para que Dylan fosse ver os brinquedos dela, queria apresentá-lo para todas as suas Barbies e mostrar o castelo que havia ganhado de aniversário. O rapaz foi sendo puxado pelas escadas por uma menininha que cantava a canção do alfabeto para ele. Jade foi ajudar suas avós a lavar a louça e, quando chegou lá com os últimos pratos, ouviu as duas se referindo a Dylan como "o namorado da Jade". Ela colocou os pratos sujos na pia onde Maria os lavava, enquanto Rosa os secava.

— Odeio desanimá-las, mas vocês sabem que somos só amigos, né?

Maria, fazendo-se de indiferente, entregou um copo lavado para que Rosa secasse e respondeu:

— Ricardo e eu também éramos, até aquele dia depois do baile de formatura no carro em que...

Jade tampou os ouvidos, aterrorizada:

— *Abuela*, pelo amor de Deus! *Abuelo* e você se merecem mesmo, meu Deus, nunca vi um casal falar tanta besteira.

— Ou fazer tanta besteira!

Rosa começou a gargalhar.

— Eu vou sair daqui agora, antes que eu fique ainda mais traumatizada.

Jade, antes de sair da cozinha, olhou para trás e viu Rosa e Maria ainda rindo. As duas se conheceram no colegial e são melhores amigas desde então, depois de sessenta e quatro anos. É muito tempo de amizade. Pediu mentalmente para que ela e Layla fossem assim também, juntas rindo na cozinha depois do almoço de domingo, lembrando das besteiras que costumavam fazer, como uma música velha que você nunca esquece a letra, independentemente do tempo que passa sem ouvi-la.

Abriu a porta da varanda que dava para fora, deixando Spark sair correndo na sua frente. Fechou o cardigã quando o vento frio soprou em seu rosto, fazendo os pelos do seu braço se arrepiarem. Sentou na borda da piscina, dobrando a barra da calça jeans para colocar os pés na água aquecida. Spark, depois de farejar tudo em volta, sentou ao seu lado, com a respiração ofegante, enquanto ela acariciava seu pelo. Fazia muito tempo que não saía de casa, havia esquecido que a única coisa maior que a dor era o sentimento de alívio quando respirava o ar fresco do lado de fora. Ouvia as risadas de dentro de casa, mas o som dos galhos e folhas das árvores ao seu redor batendo uns nos outros conforme o vento soprava parecia ser mais alto, e a água quente em seus pés compensava o frio que fazia naquele final de tarde.

Não demorou para ouvir a porta de vidro abrir e sentir o perfume de Dylan, que se sentou ao lado de Spark.

— Sua mãe disse que talvez estivesse aqui. Você está bem?

Jade assentiu.

— Sim, só queria respirar um pouco. Sabe, fiquei muitos dias dentro de casa.

Dylan pegou a mão dela, que estava apoiada nas costas de Spark. Jade sorriu quando ele começou a acariciar com o polegar as costas de sua mão. Ela parecia gostar de tudo nele, do calor de seu corpo até o perfume que nunca parecia enjoá-la. Lembrou-se da jaqueta jeans dele ainda pendurada em seu cabide no closet desde aquele dia em que ele a levou para ver o mar, seu perfume parecia estar grudado naquela peça.

— Esqueci de devolver sua jaqueta jeans.

— Tinha até me esquecido dela.

— Mentira! Ela é sua preferida, você sempre está andando de um lado para o outro com ela. Aliás, sempre tive uma estranha queda por garotos com esse tipo de jaqueta.

Dylan riu.

— Sim, você tem razão, eu gosto muito dela. Mas fico louco só de lembrar de você andando com ela por aí.

Jade abaixou a cabeça e riu. Pensou que as cantadas bobas iriam parar quando ele conseguisse o que queria. Quis que elas continuassem para sempre, jurava para si mesma que nunca cansaria delas.

— Minha família gostou muito de você.

Dylan abriu um sorriso imenso.

— É sério, você acha mesmo? Tem certeza?

Jade riu com a preocupação dele.

— Não, quando você subiu com a Jas, todo mundo começou a falar mal de você.

— Não faça isso comigo, Murphy, jogo você na piscina!

— Não seria maluco...

Antes de Jade conseguir terminar de falar, Dylan a empurrou para a piscina. Quando sentiu a água quente envolvendo seu corpo, riu sozinha. Estava tão quente e gostoso que quis ficar ali para sempre. Ouviu Dylan dizer alguma coisa do lado de fora, mas continuou prendendo a respiração debaixo d'água. Se ela teve que entrar, ele também entraria. Como previsto, depois de alguns segundos que Jade estava imersa sem se mover, Dylan pulou desesperado, nadando ao seu encontro. Quando ele a alcançou, abraçou por trás e a levou até a superfície.

Jade começou a rir, e Dylan, conseguindo ouvir seu coração bater forte no peito de tão nervoso com o que achou que havia acabado de acontecer com ela, ficou sem reação.

— Sério, Dylan? Eu trabalho em um abrigo marítimo! Achou mesmo que eu tinha me afogado na piscina? Eu aprendi a nadar antes mesmo de aprender a andar.

Jade virou-se de frente para ele, jogando os braços ao redor de seu pescoço, rindo. Dylan, ainda com o coração acelerado, beijou as covinhas que apareciam no rosto dela quando ria. Talvez seu coração não estivesse mais batendo tão rápido pelo susto, mas sim porque ele não conseguia se acostumar com a pele macia ou seu perfume de coco quando eles estavam tão próximos assim. Roubou um beijo e sentiu ela sorrindo. Não há nada que se compare com a sensação no peito no instante em que Jade sorriu para ele. Se ele pudesse desejar algo naquele momento, desejaria que aquele sorriso jamais saísse dos lábios dela. Se ele fosse o motivo, melhor ainda.

CAPÍTULO 14

PROTEGER E SERVIR

Dylan parou o carro na frente de casa. Quando chegou à porta, notou algo de canto de olho brilhando na grama. Aproximou-se e viu uma garrafa de cerveja. Esperando pelo pior dentro de casa, pegou-a e, quando estava voltando para a porta, ouviu o pai gritando e arremessando alguma coisa contra a parede em seguida. Com o susto, Dylan derrubou a garrafa que, ao se chocar contra o chão, quebrou em pequenos pedaços. Já cansado, suspirou e agachou para recolher antes que alguém saísse de casa e acabasse pisando neles. Enquanto fazia isso, sentiu o peito pesar. Teve um dia tão bom com Jade e a família dela, que por alguns momentos até se esqueceu de que esse tipo de coisa acontecia. Sentia-se patético agora arrumando a bagunça do pai; era difícil de explicar, mas chegava até a se sentir envergonhado ao pensar no tanto que havia se divertido antes, como se não merecesse nem pertencesse àquilo tudo.

Levantou-se do chão, com mais dor no peito do que nas costas e, com os cacos em uma mão, abriu a porta com a outra. Ao entrar em casa, parecia estar entrando em um mundo completamente diferente. É como quando você é pequeno e acha que tem um monstro no seu armário; mas, em vez de correr para o quarto dos seus pais, você entra nesse armário. Antes que pudesse processar qualquer coisa, uma garrafa voou em sua direção, mas conseguiu desviar. Olhou para a garrafa do lado de fora quebrada e depois na direção de onde ela veio. Viu seu pai ainda usando o uniforme de polícia com os olhos vermelhos e, apesar de estar parado, parecia ter dificuldades para se equilibrar, cambaleando. Viu sua mãe encolhida ao lado do pai, sentada no canto com as mãos na frente do rosto, como se tentasse se defender. O vidro, ao se chocar contra a parede com força, acabou lançando alguns cacos em Dylan, o que fez com que ele ganhasse um corte fino no rosto.

— Onde você estava?

Dylan demorou para tirar os olhos de sua mãe que soluçava e, quando finalmente olhou para o pai, percebeu a ira em seus olhos. Nunca entendeu por que ele chegou a esse ponto. Sua mãe havia contado que, quando Jeremy era pequeno, seu pai era abusivo com a mãe dele também. Ele costumava bater na mulher como Jeremy bate em Katherine, mas nunca encostou o dedo no filho. Por isso, mamãe dizia que ele cresceu e acabou assim por causa do exemplo que teve quando pequeno. Mas essa é a questão: como, depois de presenciar todo aquele abuso, ele conseguiu se tornar o abusador? Dylan jamais teria coragem de encostar um dedo em uma mulher, mesmo se nunca tivesse tido o pai que teve. Mas agora, tendo, achava ainda mais repugnante. Talvez existam dois tipos de pessoas nesse mundo: aquelas que usam o passado como lição e as que o usam como desculpa.

Seu pai nunca perguntava aonde ele ia nem notava normalmente quando ele não estava em casa, por isso Dylan estranhou a pergunta. Fechou a porta atrás dele, pensando que provavelmente voltaria ali mais tarde, quando o pai estivesse dormindo, para poder pegar de novo os cacos do chão antes que alguém se machucasse.

Levou a mão até a face e, depois de tocar seu ferimento, viu sangue na ponta dos dedos.

— Com aquela garota, né? Com aquela Gomez, certo?

Dylan sentiu um frio na espinha ao ouvi-lo mencionar Jade, e seus ombros logo ficaram tensos como resposta. Ao ver a reação do filho, Jeremy gargalhava tão alto que Katherine começou a gemer enquanto chorava. No andar de cima, Layla estava no quarto de Josh com a porta trancada, tampando os ouvidos do irmão enquanto rezava para aquilo acabar logo.

— Sabe, Dylan, aquela garota não passa de uma piranha. Depois que o namorado rico morreu, vem para os seus braços? — Riu mais alto. — E quem raios você acha que é? Você não é nada. NADA! — gritou. — Ela só está entediada e resolveu te...

Antes que Jeremy pudesse terminar de falar, Dylan já havia atravessado a sala em um piscar de olhos e agora segurava a gola da blusa do pai, com o punho levantado no ar na frente de seu rosto. Sua respiração estava tão rápida e seu coração parecia pulsar tão forte de raiva, que foi quase impossível ouvir sua mãe gritando para que soltasse o pai. Lembrou-se da noite em que, depois de ser espancada, quando Dylan pensou em fazer algo a respeito, ouviu sua mãe dizer que não queria filho bandido.

— BATE, SEU MERDA! — o pai gritou.

— PARE, JEREMY, POR FAVOR! — sua mãe implorou do chão.

Dylan olhou para a mãe tremendo ao lado do sofá, implorando com os olhos para que não reagisse. Infelizmente, todos ali sabiam que, a partir do momento em que ele avançou contra seu pai, as coisas só piorariam. Antes que pudesse voltar a atenção, sentiu o punho de Jeremy atingindo com força seu maxilar. A dor era tão grande que sentiu seu corpo pulsando e soltou um gemido. Com a pancada tão forte, Dylan acabou caindo na frente de sua mãe, que, desesperada, colocou a cabeça do filho em seu colo. Não satisfeito, Jeremy chutou a barriga do filho tão forte, que ele se contorceu de dor. Ele poderia ter feito alguma coisa, poderia ter reagido antes, mas não conseguiu, não queria que sua mãe visse aquilo.

— Você não é nada, está me ouvindo? Você está gastando o tempo daquela garota!

Antes de sair da sala, cuspiu no filho. Layla, no andar de cima, chorava descontroladamente ao ouvir os gritos — as paredes eram extremamente finas naquela casa. Apesar de não estar com os ouvidos tapados, Josh soluçava em seu peito.

Quando Jeremy saiu pela porta da frente, provavelmente indo para mais um bar, Katherine gritou de dor, mais emocional que física. Enquanto segurava o rosto do filho, chorava tanto que o peito doía. Era patético ver o pai saindo pela porta com aquele uniforme depois do que havia acabado de acontecer, Dylan pensava, era bem irônico ele ser policial, já que sua função era tecnicamente trazer segurança para as pessoas em volta.

— Filho, eu sinto muito, perdoe sua mãe, por favor!

Dylan quis dizer que ela não tinha culpa de nada, nunca tinha, mas a dor era tão grande que não conseguia falar. Sua mãe o ajudou a deitar no sofá e, assim que Dylan afundou o corpo ali, ela saiu para a cozinha à procura de gelo e álcool. Voltou, agachou-se ao lado do filho e, enquanto soluçava e chorava alto, começou a limpar com um pano de prato molhado de álcool o rosto dele, de onde escorria sangue. Olhando para a mãe, sentiu o coração se encher de tristeza; doía pensar que ela não havia sido amada direito. Era doloroso pensar que ela nunca encontrou o amor de sua vida, aquele que prometeria amá-la para sempre, na riqueza ou na pobreza, e realmente fizesse de tudo para cumprir aquilo, alguém que pararia de respirar se fosse preciso só para que ela tivesse isso. Pegou a mão dela, que limpava seu rosto, e a segurou delicadamente, com receio de machucá-la. Katherine sorriu, com o coração cheio de dor e medo, e beijou a mão do filho.

Naquela noite, enquanto sua mãe dormia na cama de Josh com ele, tentando acalmá-lo, Layla parou com seu corpo magro e esguio na porta. Dylan, vendo sua silhueta contra a luz do corredor, foi mais para o canto da cama, dando espaço para a irmã deitar, e bateu a mão no colchão, chamando-a. Sem pensar duas vezes, Layla fechou a porta atrás dela e correu até a cama do irmão. Chorou baixinho em seu peito e, naquele momento, o que restava no lugar de seu coração se partiu. Dylan acariciou os cabelos dela e, por mais que quisesse chorar, quebrar tudo em volta, respirou fundo e disse para a irmã que tudo daria certo. Depois de algumas horas, ouviram a porta do carro batendo com força, e Layla agarrou forte a mão do irmão, com o coração quase saltando do peito. Conseguiu finalmente respirar quando, depois de longos minutos, percebeu que Jeremy provavelmente não iria subir e acabaria dormindo no sofá.

Layla demorou para cair no sono, seus soluços pareciam ecoar pela cabeça de Dylan, que se sentia anestesiado, apesar da dor que parecia pulsar em todo o seu corpo. Olhava para a janela com as cortinas abertas, via as estrelas brilhando forte e a lua grande e redonda, mas o que realmente enxergava era Jade sorrindo. Lembrou-se do que o pai havia dito e percebeu que talvez ele estivesse parcialmente certo. Jade, depois de todo o sofrimento que havia passado, merecia alguém melhor que ele. Ela não merecia mais confusão, mais bagunça — e talvez aquilo fosse tudo o que ele tinha para oferecer. Apesar de toda a dor que estava sentindo, não esboçou qualquer emoção. Precisava parecer forte para a irmã em seus braços. Mesmo assim, e talvez por isso, Dylan sonhou que estava chorando. Sonhou que estava do lado de fora da casa, catando os cacos na entrada de casa e chorava tanto que, em vez de lágrimas, escorria sangue de seus olhos. Acordou ofegante e suando de madrugada; ao perceber sua reação, ficou com medo de ter acordado a irmã. Tirou o braço do corpo dela delicadamente e saiu do quarto tentando ao máximo não fazer barulho. Desceu as escadas para a sala e viu o pai deitado no sofá, com algumas garrafas vazias de cerveja no chão. Não ficou com muito medo de acordá-lo, porque sabia que ele tinha o sono pesado, ainda mais quando bebia, mas mesmo assim tomou o máximo de cuidado ao atravessar a sala e abrir a porta da frente. Ajoelhou e catou os cacos do chão, em seguida voltou para a cama e tentou dormir. Não acordou na manhã seguinte para ir à escola, mas ninguém quis acordá-lo também, não depois de tudo que havia acontecido na noite anterior. Além de não ter forças para se levantar, sabia que seu rosto daquele jeito levantaria suspeitas. Quando Layla acordou de manhã com o despertador, saindo de fininho do quarto, tudo que Dylan conseguia pensar era na dor insuportável que sentia no abdômen. Quando não havia mais ninguém em casa, levantou-se para tomar banho e, no boxe, enquanto sentia seu corpo inteiro doer e seu rosto arder com o contato do sabão, socou tão forte a parede que penso que ele tenha quebrado a mão e a parede. Ao se olhar no espelho, além do corte fino na face, viu o hematoma esverdeado em seu abdômen onde seu pai havia chutado na noite passada. Sem forças, voltou para a cama e fechou os olhos, caindo no sono depois de algumas horas.

CAPÍTULO 15

DESPEDIDA E REENCONTRO

Jade, não vendo Dylan nos corredores na troca de aulas, puxou Layla, que ia na direção oposta, e perguntou onde ele estava. Layla disse que o irmão estava doente — o que fazia sentido, já que os dois entraram na piscina no dia anterior naquele frio. Mesmo assim, Jade sentiu que algo estava estranho, talvez pelos olhinhos de Layla, porque, apesar de sua boca dizer uma coisa, eles pareciam dizer outra.

— Aliás, Josh podia ir com a gente? Estou meio que de babá hoje. Quer dizer, qualquer coisa eu dou um jeito... — sussurrou a última parte olhando para os lados.

Jade riu. Lembrou-se da caixa de papelão com as coisas de Connor no seu porta-malas, mesmo assim assentiu, aquilo era para ser rápido.

— Ótimo, te vejo mais tarde — disse Layla.

Aquele dia não parecia acabar, Jade chegou até a pensar que todos os relógios daquela escola estavam parados e era meio entediante não encontrar Dylan fazendo alguma gracinha para ela nos corredores entre as aulas. Quando bateu o sinal, quase não acreditou, pensou que aquele momento jamais chegaria. Suspirou alto e falou um "amém", o que fez com que o professor de literatura olhasse para ela com os olhos semicerrados. Jogou o material dentro da bolsa e saiu correndo pelos corredores antes que eles lotassem. Quando chegou no carro, mandou uma mensagem para Layla avisando que já estava esperando por eles. Depois de alguns minutos, ouviu a risada de Josh e, quando olhou para o espelho, viu os dois vindo em direção ao carro de mãos dadas. Assim que eles entraram, Jade girou a chave.

— Prontos?

— Prontos! — gritaram, enquanto Josh jogava os braços para o ar, sentado no meio do banco traseiro.

Jade riu e acelerou.

Da escola até Willard Beach eram mais ou menos vinte minutos de carro. Enquanto isso, Josh foi contando tudo sobre seu dia, chegou a mencionar uma garota ruiva por quem ele estava apaixonado. Ao falar sobre as coisas preferidas, Jade não conseguiu evitar o sorriso que se formava em seus lábios: ele parecia muito com Dylan. No meio do caminho, o cenário foi mudando, as casas dando lugar às árvores grandes e cheias de folhas. Jade deu seta e encostou o carro. Layla olhou confusa enquanto Jade tirava o cinto de segurança, mas entendeu quando a viu abrindo o porta-malas e voltando com uma caixa na mão. Agachou-se na frente de uma das árvores e deixou a caixa ali. Depois de alguns minutos, levantou com os olhos marejados e voltou para o carro. Nenhuma das duas falou nada, enquanto Josh continuava a falar sobre a menina de cabelos alaranjados, mas Layla pegou uma das mãos de Jade, que não estava no volante, e a segurou com força. Respirou fundo e, olhando pelo espelho a árvore onde deixou a caixa se afastando, sussurrou "adeus, Connor!" com a voz trêmula. Por mais que quisesse dar a volta para buscar a caixa, continuou seguindo reto, não porque ainda amava todas aquelas memórias, mas porque não sabia ao certo como viver sem ter toda aquela história pesando em seu peito e a seguindo por todo lado. De qualquer jeito, precisava se desprender de tudo que lhe fazia mal. Infelizmente, Connor era uma dessas coisas. Precisava aprender a dizer adeus a ele de uma vez por todas, e não conseguiria fazer isso com aquela caixa cheia de recordações dentro do seu closet. Afinal de contas, foi Connor quem morreu naquela noite, não ela, por isso tinha que continuar vivendo.

Depois de alguns minutos em silêncio no carro, enquanto o único som ali era "Memory" tocando pelo Bluetooth, Layla olhou para Jade com as sobrancelhas arqueadas.

— Essa é a jaqueta de Dylan?

Jade olhou para o braço coberto pelo tecido com um sorriso envergonhado. Os irmãos riram. Josh soltou também um "uhuuu" no banco de trás.

Quando chegaram na praia, Josh ficou tão animado que nem esperou as meninas pegarem o cooler e as toalhas no porta-malas: saiu correndo para a areia, enquanto elas gritavam para ele não se afastar. Estenderam as toalhas na areia ali e se sentaram. Por causa do frio de outubro, Layla não deixou que Josh entrasse na água, então ele ficou por perto caçando conchinhas e as colocando dentro de um copo descartável que Jade trouxe para tomarem suco. A praia estava praticamente vazia, já que era meio da semana, sendo que as únicas pessoas ali pareciam ser moradores locais ou idosos caminhando. A areia estava quente com o sol forte.

Os pais de Jade costumavam levá-la ali nos finais de semana, quando Jasmin não era nascida ainda, e ficavam tomando sorvete do horário do almoço até o sol se pôr. Ficavam horas nadando, como se aquilo pudesse durar para sempre — talvez tenha sido ali que Jade descobriu que seu coração sempre pertenceria ao mar. Apreciavam o sol se pôr enrolados na toalha, os cabelos duros com o sal da água e a pele gelada e bronzeada, como se fossem invencíveis. Jurou para si mesma que nunca pararia de ir ali, mas Connor não gostava muito da praia. Apesar de tudo, ele não tinha muitos defeitos, sempre foi um amor com Jade e costumava levá-la para todos os lugares a que achava que ela gostaria de ir. Mas ele não gostava do mar nem da areia, dizia que pinicava sua pele e, como os dois sempre estavam juntos, Jade, consequentemente, deixou de ir para lá. Você não deveria ser obrigada a escolher entre duas coisas que ama, mas, se precisar, sempre escolha aquela que um dia não vai acordar na cama com outra. Não sabia se Dylan gostava ou não do mar, mas, pelo que conhecia dele, sabia que nunca admitiria se não gostasse, não para Jade. Fechou os olhos, sentindo a brisa fria soprar seus cabelos, e abraçou os joelhos. Dali em diante, não desejaria que as coisas durassem para sempre, mas que, enquanto durassem, fizessem seu coração ter um motivo para bater até nos dias cinzentos.

— Obrigada por isso — Layla disse.

Jade empurrava a areia branca e fofinha com os pés, quando a amiga apoiou a cabeça em seu ombro.

— Bom, foi você quem participou do meu ritual "adeus, Connor".

Jade não precisava olhar, sabia que Layla estava chorando e sabia também que era pelo que havia acontecido na noite anterior quando Dylan voltou para casa. Ele não estava doente, sabia disso. Layla enxugou com a manga do moletom uma lágrima que escorria. Desta vez, foi Jade quem segurou sua mão.

— Eu tinha esquecido, sabe? Todo esse tempo em que eu fiquei fora, tinha esquecido o monstro que ele é. Fico pensando: daqui a pouco nós vamos embora para a faculdade, como vamos deixar Josh e minha mãe? Não posso deixá-los sozinhos com esse monstro.

Jade esquecia que esse tipo de coisa acontecia na casa dos Reynolds, apesar de já ter presenciado uma vez. Eles eram pessoas tão boas e únicas, ela jamais imaginaria que vivessem esse inferno em casa. Então era difícil pensar que as pessoas que mais a faziam feliz eram as que mais sofriam. Quis chorar também. Não queria que fosse daquele jeito.

— Vamos dar um jeito, eu prometo. Vamos dar um jeito.

Jade sabia no fundo que não era algo que podia prometer, como um médico não pode prometer para uma mãe que seu filho irá sobreviver a uma cirurgia. Mesmo assim, Jade poderia prometer que, enquanto pudesse fazer algo a respeito, faria, mesmo que isso só significasse levá-los para a praia depois da escola.

Ficaram até o sol se pôr. Fizeram castelinhos de areia com os copos descartáveis e comeram os sanduíches de salame que Jade havia trazido — segundo Josh, seu preferido.

— Você e o meu irmão estão namorando?

Josh, depois de ficar correndo de um lado para o outro, tinha decidido deitar a cabeça no colo de Jade enquanto assistiam ao sol se pôr. Ela passava a mão pelos seus cabelos e riu com a pergunta do menino. Não sabia responder, não era como se fossem só amigos, mas também não estavam namorando. Era difícil explicar para um garoto de oito anos o que nem mesmo ela entendia.

— Ele fica falando de você sem parar, ninguém lá em casa aguenta mais.

Layla, que roía a unha, ao ouvir o irmão falar aquilo, bateu no seu braço, e ele resmungou como resposta. Jade sentiu vergonha, mas não conseguia deixar de pensar em Dylan falando dela sem parar para a família.

— Mas é verdade... Olha, ele diz que sou muito pequenininho ainda para entender essas coisas, mas eu não acho. Caíram já meus dois dentes da frente, olha! — disse, abrindo um sorriso grande e mostrando as duas janelinhas. — Minha mãe disse que, por isso, eu sou mocinho.

As duas se entreolharam, rindo. Jade voltou-se para o garoto, concordando. Ouvindo ele falar desse jeito, mal podia esperar para que Jasmin crescesse e começasse a falar sem parar também. Dylan não era a pessoa mais sortuda do mundo, – se pudesse, tiraria toda a dor dele; mesmo assim, segundo as crenças de Jade, se Deus tentou deixar a cruz dele menos pesada, foi abençoando-o com Josh e Layla.

Josh tinha uma mistura perfeita das personalidades dos irmãos. Sua risada parecia dar cambalhotas no ar, igual à de Layla; quando ele olhava para o céu ou falava sobre algo que amava, seus olhos brilhavam como os de Dylan. Não sabia como pessoas tão magníficas conseguiam sair de um lugar tão desequilibrado.

— Tenho certeza de que você já é grandinho e capaz de entender muita coisa de gente grande.

Josh bufou:

— Tente dizer isso para o cabeça-dura do meu irmão... Ah, aliás, meus irmãos me disseram que você trabalha naquele lugar onde me levou aquele dia para dormir. É verdade?

Jade assentiu.

— E é verdade que você cuida de golfinhos e que uma vez foi até mordida por um tubarão?

Jade assentiu de novo, rindo. Ela estava de saia jeans e, para provar para ele, apontou para a cicatriz na perna desnuda. Josh olhou para a cicatriz branca e alta, depois de volta para ela, boquiaberto. Ela riu de sua reação.

— Você tem certeza de que quer namorar meu irmão? É que ele é muito legal, mas tem medo até de aranhas... imagina tubarões!

Ele parecia muito com a irmã, talvez mais com ela do que com Dylan. Jade gostava de tudo em Dylan, mas uma das coisas preferidas eram seus irmãos. Quando o tom alaranjado do céu deu lugar a um azul-escuro, e as nuvens claras deram lugar às estrelas e à lua, os três recolheram tudo do chão e voltaram para casa. Era bom estar de volta, Jade pensou ao ver os dois acenando antes de entrarem. Não era mais a Jade de antes, mas gostava muito mais dela agora.

Chegou em casa na hora da refeição, então foi direto para a sala de jantar. Contou para os pais como foi o seu dia, deixando de lado a parte sobre a caixa de Connor, mas não poupando um detalhe sequer sobre a praia. Seus pais mal podiam acreditar enquanto ela contava que havia voltado para lá depois de tantos anos — sabiam que era seu lugar preferido, mas, depois que começou a namorar Connor, parou de ir para lá. Gostavam de como os irmãos Reynolds a faziam querer voltar a fazer tudo como antes.

Depois do jantar, como de costume, deu banho na irmãzinha e depois tomou o seu. Quando abriu a porta do quarto, ainda enrolada na toalha, sentiu o cheiro forte de tinta. Havia dormido a noite passada no quarto de Jas por conta disso e esperava que Dylan voltasse algum dia, provavelmente na sexta depois da escola. De qualquer forma, seu plano era dormir aquela noite no seu quarto, pois achava que o cheiro forte já teria passado um pouco.

Abriu a porta do quarto e ficou sem ar ao ver sua parede. Aproximou-se e encostou os dedos: a tinta ainda estava úmida. Dylan deve ter voltado à tarde — sabendo que ela não estaria, aproveitou para terminar e fazer uma surpresa. Era até melhor do que ela havia imaginado. Ele pintou o mar escuro enquanto o sol se punha, com os raios alaranjados, mergulhando nas águas. Era como se ele tivesse ido à praia com os três naquele dia e memorizado o pôr do sol, reproduzindo-o na parede. Sua visão ficou embaçada com as lágrimas que teimavam em se formar em seus olhos. Ninguém nunca havia feito algo tão bonito para ela antes. Voltou para o banheiro, pegou o celular que havia deixado em cima da pia e ligou para Dylan. Caiu na caixa postal. Tentou mais uma vez, mas nada de novo. Então mandou uma mensagem para ele: "É a coisa mais bonita que eu já vi em toda a minha vida. Obrigada, Dylan! Espero que você esteja se sentindo melhor. Senti falta de você hoje. Mas só um pouco".

— Gostamos dele, filha! — Sua mãe chegou, passando a mão em movimentos circulares nas suas costas.

Quando foi se deitar, checou se Dylan havia respondido sua mensagem, mas não. Foi conferir as fotos que tirou com os irmãos dele naquela tarde e sorriu sozinha. Colocou o celular de volta na escrivaninha, onde carregava; quando ia para seu colchão no chão, cambaleando e tateando tudo a sua volta na escuridão de seu quarto, ouviu o celular vibrando e a luz da tela se acendendo. Estava sem suas lentes de contato, então voltou onde estava, agora sem muita dificuldade, graças à tela acesa.

"Você, sim, é a obra de arte mais bonita que eu já vi em toda a minha vida. Que bom que gostou, espero que tenha ficado como imaginou. Não senti nem um pouco de saudades de você, então não vá se gabando por aí."

Jade riu com a última parte e respondeu na hora:

"Não, Dylan. Ficou milhões de vezes mais bonito do que eu poderia imaginar. Vejo você amanhã."

"Bons sonhos, Murphy."

Pela primeira vez, Jade não quis dormir: a realidade era muito melhor do que qualquer sonho que pudesse ter.

CAPÍTULO 16

SUA DOR, NOSSA DOR

Jade jogava a bola para Spark pegar no quintal quando ouviu a campainha tocar. Estava sozinha, então, imaginando quem poderia ser, foi até a porta e a abriu. Viu Dylan e, quando olhou para baixo, viu Josh segurando sua mão. Um pouco incerta sobre o motivo que os trazia ali, sorriu. Dylan não tinha ido para a escola de novo, estava com muita dor no abdômen, então mandou uma mensagem explicando que ficaria mais um dia descansando.

— A que devo a honra, cavalheiros?

Dylan olhou para Josh, esperando que o baixinho se explicasse. Antes de o menino começar a falar, limpou a garganta.

— Sabe aquele dia em que você leva um dos seus pais para falar sobre o trabalho dele?

Ela não entendeu muito bem o rumo que aquela conversa tomaria ou onde ela se encaixava.

— Amanhã vamos ter um na escola. — Josh olhou para o All Star branco sujo, meio envergonhado. Jade olhou para Dylan, que olhava com atenção para o irmão. — Queria saber se você poderia ir comigo...

Jade abriu a boca para dizer alguma coisa, mas logo a fechou. Dylan a olhava — era como se ele estivesse feliz, mas apreensivo com a reposta que poderia dar ao mesmo tempo. A garota não sabia expressar o quanto estava feliz pelo convite. Quer dizer, de todas as pessoas que Josh poderia convidar, ela foi a escolhida. A ponto de explodir de felicidade, agachou e abriu os braços. O menino correu e retribuiu o abraço.

Dylan, presenciando aquela cena, nunca pensou que seria possível ser tão apaixonado por alguém. Era como se ela fosse um anjo diante dele — nao era muito religioso, mas acreditava no paraíso quando via Jade sorrindo. Ela se levantou do chão e abriu espaço, convidando os dois para entrarem. Foi até o jardim, onde Spark corria atrás de um passarinho. Josh, ao ver o cachorro, correu até ele; sem nem mesmo perguntar se mordia ou não, agachou e o abraçou.

Ao lado da piscina, havia dois balanços que Daniel pediu para construírem quando Jade era pequena, ao lado de uma casinha rosa de madeira com a qual, agora, era Jasmin quem brincava. Jade e Dylan sentaram ali enquanto olhavam Josh jogar a bola para Spark, que saía correndo atrás.

— Obrigado por aceitar. Ele não queria levar nosso pai, nem teve coragem.

— E quanto à sua mãe?

— Era professora, mas alguns anos atrás teve que largar o emprego por causa do meu pai e suas paranoias.

Jade olhou para a grama verde. Queria que tudo aquilo acabasse para eles. Odiava Jeremy. Não o conhecia ainda, mas nunca odiou tanto alguém.

— Josh gosta bastante de você. Contou que você levou ele e a Layla ontem para a Willard Beach.

Jade assentiu, sorrindo para o menino, que havia acabado de descobrir que Spark sabia dar a patinha.

— Ficou superanimado para levar você amanhã e te apresentar para a tal de Sophie.

— A ruiva? — Jade perguntou, reparando no corte no canto de sua boca.

Sentiu um arrepio na espinha ao pensar no que aconteceu. Quis tocar, beijá-lo, prometer que nada o machucaria, mas continuou se balançando, olhando como se fosse de vidro.

— Parece que você já ouviu falar dela, então.

Jade riu.

— Sei até quantas sardas ela tem.

— Acho que meu irmão gosta mais de você do que de mim.

— Sabe como é, sou uma peça rara.

Dylan lembrou-se de algumas noites atrás, quando Jeremy gritou que Jade merecia alguém melhor do que ele. Quis gritar para o pai de volta que era mentira, mas talvez não fosse: ela merecia todas as coisas lindas desse mundo, o que ele não era capaz de lhe proporcionar. De qualquer jeito, olhando-a ali, enquanto ria do próprio sarcasmo, não achava que para ele haveria alguém melhor. Quis ser egoísta, pegar Jade e fugir. Dez países em cinco anos. Descobriria algo novo sobre ela todos os dias e colecionaria os tipos de risadas diferentes que tinha. Pegou sua mão, que parecia sempre estar gelada.

— Quem diria que, no meio de todo o meu azar, eu encontraria você?

Ele sorriu, apesar da dor. Ouvir Jade dizer aquilo doía de certa forma. Queria ser melhor para ela e por ela, queria ser normal, mas não era, e aquilo era doloroso.

Jade, de canto de olho, viu a mão de Dylan que segurava com força a corda do balanço, e o líquido vermelho que escorria pelo seu pulso chamou a atenção dela. Sentiu o estômago embrulhar.

— Sua mão!

Voltou-se para Josh, que ria enquanto o cão lambia seu rosto. Ela não queria que o menino ficasse preocupado ou assustado, então puxou Dylan para a cozinha e avisou que iria preparar algo para ele comer. Chegando lá, olhou para trás, checando se Josh estava por perto, e depois se voltou para Dylan. Ele olhava para baixo, e ela seguiu seu olhar. Percebeu que a calça branca dela estava agora manchada do sangue que escorria pelos dedos dele. Dylan abriu a boca para pedir desculpas, mas, antes que fizesse isso, ela balançou a cabeça e assegurou que estava tudo bem. Levou-o até a pia e, com cuidado, lavou a mão dele. Apesar de Dylan não soltar nem um murmúrio, sabia pela sua mão tensa que ardia bastante. Droga, por que é tão difícil admitir que tem algo errado?

Jade procurou o kit de primeiros socorros nas gavetas da cozinha, sua mãe costumava se cortar frequentemente quando estava cozinhando. O corte não era de agora, era óbvio, principalmente pela profundidade, era impossível a corda do balanço ter feito aquilo — mesmo se esfregasse com força, nunca chegaria àquele ponto, no máximo queimaria. De qualquer forma, ele nem moveu a mão na corda, só a segurou com mais força do que deveria. Enquanto ela passava o algodão com o antisséptico, questionou por que ele estava tão tenso a ponto de segurar a corda com tanta força, afinal parecia bem até agora. Pensou se poderia ser algo que disse.

Não era só um corte: eram vários, pareciam ter sido feitos por cacos de vidro. Mas como? Não fazia sentido. Se fosse só um, até poderia imaginar como aquilo aconteceu, mas eram muitos.

— Desculpe pela sua calça, espero que essa mancha saia.

Jade pegou a gaze e começou a enfaixar a mão de Dylan com muito cuidado, com medo de machucá-lo, e em seguida prendeu com o esparadrapo.

— Está tudo bem, sério. — Balançou a cabeça. — Mas, Deus do céu, como você fez isso?

— Eu me machuquei com vidro, só isso.

A garota se aproximou e, ao tocar levemente seu abdômen, ele recuou, como se o toque dela o machucasse. Não entendendo o que havia acabado de acontecer, encarou-o sem palavras. Dylan levou a mão ao local, apoiando as costas no balcão como se pudesse cair a qualquer momento. Ao ver a expressão no rosto de Jade, como se achasse que tinha algo de errado com ela, foi logo se desculpando:

— Desculpe, Murphy, eu só...

Jade, hesitando, tentou se aproximar mais um pouco de Dylan de novo. Ele parecia ofegante, e seus olhos fitavam as mãos dela que foram parar na barra de sua blusa. Ela ainda o olhava, como se ele fosse um animal assustado que com qualquer movimento mal calculado sairia correndo. Puxou sua blusa de leve e desceu os olhos para sua pele exposta. Na região direita de suas costelas, um hematoma grande, verde e roxo, marcava sua pele negra. Ao vê-lo daquele jeito, estremeceu. De repente, parecia ter perdido o ar. Encostou levemente os dedos gelados em seu abdômen, e só aquele toque foi o suficiente para que ele se encolhesse de dor.

— Acho que ele quebrou uma costela minha.

Quando Jade olhou de volta para seu rosto, os olhinhos dela transbordavam lágrimas. Estava assustada e brava diante de uma crueldade tão grande. Dylan tocou seu rosto, passando o polegar pelas lágrimas que escorriam. Havia prometido a si mesmo que só a faria chorar se fosse de tanto rir, e lá estava ela com o coração partido bem diante dele. Quis abraçá-la com força e dizer que não precisava se preocupar, que tudo ficaria bem, mas sabia que aquilo talvez fosse mentira. Em vez disso, com um sorriso brincalhão, perguntou:

— Doeu?

— O quê?

— Quando você caiu do céu?

Jade apoiou a cabeça em seu peito, rindo e chorando ao mesmo tempo, um furacão de sentimentos. Meu Deus, como era apaixonada por aquele garoto e suas cantadas bregas. Riu bastante, mas depois de alguns minutos o som de sua risada abafada pela blusa de Dylan deu lugar a seus soluços baixinhos. Era tortura aquilo. Tudo. Era tortura assistir às cicatrizes físicas e emocionais que Jeremy deixava em todo lugar por onde passava e não poder fazer nada. Jade levantou o rosto, ficando nas pontas dos pés, e encaixou seus lábios nos de Dylan. Fazia tempo que ela não o beijava, tinha até esquecido do gosto do seu beijo e, por um segundo de insanidade, questionou se um dia havia realmente sentido seus lábios ou inventado tudo.

Dylan sentia o gosto salgado das lágrimas dela que ainda escorriam sem parar, e aquilo pareceu doer mais do que o chute em seu abdômen ou os cortes em sua mão. Quem diria que ser amado fosse como ganhar em todas as loterias do mundo, mas tão doloroso ao mesmo tempo?

Perdendo o ar, como se tivessem sugado todo o oxigênio daquela cozinha, Jade apoiou a cabeça em seu peito, ofegante.

— Droga.

Ele passou as mãos pelos cabelos dela, tentando acalmá-la. Havia esquecido que, apesar de ele estar acostumado com aquele tipo de coisa, ela, graças a Deus, não estava. Tudo bem, de verdade. Agora, ao seu lado, estava tudo bem.

— O que vamos fazer agora, doutora?

Ela levantou a cabeça, com aqueles olhos de Bambi cheios de lágrimas.

— Eu cuido de animais marítimos e não de pessoas, mas acho que, se não for muito sério, é só esperar. Não fazer esforço físico e descansar o máximo possível.

Dylan colocou uma mecha que caía no rosto de Jade atrás da orelha e beijou a testa dela, trazendo-a para seus braços de novo. Apoiou o queixo em sua cabeça e os dois fecharam os olhos. Ela podia ouvir o coração dele batendo e quis dormir ali, nunca mais sair de seus braços. Passaram alguns minutos quando Josh entrou na cozinha, procurando por eles. Quando Jade abriu os olhos e o viu, lembrou-se de que lhe devia um sanduíche. Soltou-se dos braços de Dylan e virou de costas, limpando as lágrimas que teimavam em escorrer. Limpou a garganta antes de dizer:

— Desculpe, *mi amor*. Esqueci do seu sanduíche.

— Não só do sanduíche, mas de me dizer a verdade também, não é, senhorita La Cruz? — Josh cruzou os braços. — Vocês estão, sim, namorando.

Jade sentiu o rosto queimando, mas riu junto com Dylan. Aquele garotinho tinha muita personalidade. Foi até a geladeira e pegou um sanduíche de peru e uma caixinha de suco de morango.

— Nosso acordo de paz — Jade disse, virando para Josh e lhe dando o lanche.

Olhou para cada centímetro de seu corpo, procurando algum arranhão que possa ter sido feito por Jeremy. Quando percebeu seu olhar sob ele, Josh colocou a mão em cima do braço, cobrindo uma marca vermelha. O coração dela partiu em milhões de pedaços, ele não precisava esconder, ela já tinha visto. Josh, olhando para os olhos de Jade, sabia o que significava aquilo. Era o mesmo olhar que Layla fazia quando estava magoada com as coisas que Jeremy fazia, mas fingia que estava tudo bem para não o preocupar. Pegou o lanche das mãos dela e sorriu. De um segundo para o outro, o cômodo cinzento ficou colorido.

— Eu aceito o acordo de paz. — Antes de sair da cozinha e voltar para Spark no jardim, Josh virou-se para ela já na porta e sorriu. — Você está muito bonita hoje.

Funcionava com Layla: era só comentar sobre o quanto estava bonita ou como o cabelo dela estava cheiroso que ela ficava um pouco mais feliz. Josh sempre achou até meio engraçado, porque era uma coisa muita simples, e trazia tanta luz para o rosto triste da irmã. Uma vez ouviu a conversa de uma mulher no caixa falando para a empacotadora como hoje em dia as pessoas se enchiam de antidepressivos porque ninguém lhes dava flores ou abraços. Era algo tão simples, mas fazia muita falta no dia a dia de tanta gente.

Jade sorriu e chorou ao mesmo tempo. Era tão injusto, odiava aquele homem com todas as células de seu corpo. Como ele poderia tocar em uma criança como Josh, meu Deus, em qualquer pessoa? Respirou fundo, não daria certo ficar chorando como uma criancinha, isso só ia desesperar todo mundo.

— Bolsa quente, Reynolds. Bolsa quente nisso aqui.

Jade abraçou a cintura de Dylan, tomando cuidado para não o machucar. De muitas coisas, essa era uma das que ele não parecia entender. Hipoteticamente falando, em um universo paralelo, se existisse alguém melhor que ele para ela, Jade o escolheria de qualquer jeito. Porque ela não se importava se era o melhor ou se havia garotos melhores por aí: no final do dia, ela só queria ficar com ele. Por mais contraditório que pareça, o que nos faz mais bem não é o melhor. Mas isso em um universo paralelo; naquele, Jade sabia que não havia ninguém melhor que ele. Quando você gosta de verdade de alguém, fica por perto até quando tem tempestade de parafuso.

Os dois voltaram para o jardim, onde Josh já havia terminado seu lanche e estava correndo atrás de Spark de novo. Jade imaginou como era na casa deles; talvez o garotinho cheio de energia diante dela ficasse trancado no quarto por medo de fazer algum movimento errado e acabar chamando a atenção de Jeremy. Sua casa deveria ser seu porto seguro, o lugar para onde iria querer voltar quando o dia tivesse sido ruim, para baixar a guarda, seu refúgio. Viu que Josh agora sentava na beirada da piscina, tirando os tênis e colocando os pés na água morna.

Jade se levantou e foi sentar ao lado dele na borda da piscina.

— Ei, Josh. Além de dinossauros, gosta de golfinhos?

O rosto de Josh pareceu se iluminar.

O tratamento de Lubs havia acabado, ela finalmente poderia voltar para o mar depois de todo o dinheiro arrecadado, graças às fotos tiradas pela Layla, que foram publicadas. Com esse dinheiro, foi possível comprar os remédios de que precisavam. Agora ela podia voltar para casa. Por isso, Jade havia convidado Layla para ir com ela e sua equipe devolver Lubs, mas não via motivos para não levar Dylan, Josh e eu também. Iam naquele final de semana e era sempre muito emocionante ver os animais finalmente voltando para o mar.

— Quer ir comigo no sábado que vem devolver um golfinho para a casinha dele?

Josh jogou seus braços em volta do pescoço dela, abraçando tão forte que ela sentiu todos os seus pedacinhos quebrados se encaixando. Retribuiu o abraço.

Quando começou a escurecer, Dylan decidiu que já era hora de voltar para casa.

Antes de sair pela porta principal, virou-se para Jade e apoiou o corpo no batente da porta. Olhou para ela de cima a baixo lentamente, apaixonando-se por cada detalhe que via.

— Você é real, Murphy?

— Sou. Sou real. — Jade segurou o rosto dele com as duas mãos. Seus olhos se encheram de lágrimas, mas tentou disfarçar com um sorriso. — Então, por favor, continue lutando, porque eu pretendo me apaixonar ainda mais amanhã.

Ela olhou para baixo e viu Josh olhando para os dois com um sorriso bobo. Bagunçou o cabelo dele:

— Sábado, às oito, vejo você de novo? Antes de irmos, a gente vai tomar um café da manhã bem gostoso.

Josh ficou animado. Dylan riu com toda a empolgação do irmão.

— Ryan procurou você hoje na saída.

Jade e eu tínhamos combinado de dormir na casa dela naquele dia. Nenhum dos dois ia mais para o grupo de apoio, assim os jantares de terça em que atualizávamos tudo não aconteciam mais. Por isso, combinamos de eu dormir na casa dela naquele dia para comermos pizza no quarto, enquanto assistíamos a documentários sobre mães solteiras.

CAPÍTULO 17

VIVER A VIDA SE AMANDO

Cheguei na casa dos Gomez um pouco antes das sete da noite. Isabel abriu a porta para mim, enquanto segurava Jasmin com o outro braço. Sorriu ao me ver ali. Depois que Jade melhorou, sua mãe parecia estar sempre com um sorriso estampado no rosto, como se estivesse tão feliz quanto a filha. Sua blusa estava suja de laranja, mas, para não a deixar estressada depois de ficar fora o dia inteiro e ter que agora cuidar da filha, elogiei seu cabelo. Ela colocou a mão no cabelo preso em um coque bagunçado e sorriu.

— É sempre uma alegria ter você aqui em casa, Ryan. Acho que Jade está tomando banho, pode subir.

— Ok, muito obrigado. — Antes de começar a subir os degraus, me virei para ela. — Precisa de ajuda com alguma coisa?

Isabel sorriu. Olhou para Jasmin, que enrolava uma mecha solta de seu coque frouxo com o dedinho molhado de baba, e beijou a testa dela.

— Não, querido. Mas muito obrigada. Por tudo. — Olhou para o andar de cima.

Entendi o que ela queria dizer, então sorri de volta. O que Isabel pareceu não notar é que Jade trouxera mais luz para nossa vida do que o contrário. Ela não parecia perceber, mas seu coração gigante e seu sorriso contagiante traziam sentido para tudo. Enquanto subia as escadas, ouvi Jade cantarolando "Memory" do chuveiro. Ela costumava cantar essa música quando achava que ninguém estava por perto, nem percebia.

Ao entrar em seu quarto, vi a parede em que sua cama estava encostada, e sorri ao ver as cores delicadas. Não precisava perguntar, sabia quem havia pintado, mas não consegui segurar o sorriso ao ver uma parte de Dylan ali. De repente, ouvi um grito vindo do banheiro. Fui ver o que acontecia, assustado, quando ouvi a porta do banheiro batendo; Jade apareceu na porta do quarto envolvida em uma toalha com os cabelos pingando e um sorrisinho torto no rosto. Reparei em uma tatuagem que aparecia discretamente no meio de seus cabelos em sua clavícula, mas desviei o olhar para a porta atrás dela, agora fechada, antes que ela me pegasse olhando.

— O chão estava meio molhado...

— Meu Deus, Jade, você se machucou?

Jade riu, negando com a cabeça. Foi até o closet e fechou a porta. Ouvi as gavetas abrindo e fechando, e logo saiu com um pijama de bananas. Ri ao vê-la vestida daquele jeito.

— É meu pijama adulto.

— Imagino os outros então, os que não são supostamente adultos.

Jade bufou e, em seguida, se jogou na cama. Seus cabelos molhados se esparramaram ao redor de seu rosto no edredom branco. Seu peito subia e descia lentamente conforme ela respirava, e fiquei curioso para saber o que passava por sua cabeça naquele momento.

Era engraçado vê-la ali debaixo do pôr do sol que Dylan pintou para ela. Fazia muito sentindo de um jeito estranho, era até como se sempre tivesse sido assim. De algum modo, ela parecia fazer parte da pintura. Uma vez Dylan disse, quando estávamos jogando videogame na minha casa depois da escola, que Jade era colorida, e agora eu podia ver claramente suas cores. Mas nem sempre foi assim. Lembro-me de quando ela foi para o grupo de apoio pela primeira vez. Tristeza transbordava pelos seus olhos, e ela parecia se afogar. Foi mais ou menos um mês depois do acidente. Ela não chorava quando chegou atrasada e sentou ao meu lado no círculo de cadeiras, mas ela parecia ter feito isso o dia inteiro. Toda cor que eu via em Jade dava lugar a só uma: cinza.

Meus pais haviam escolhido aquele lugar porque era bem afastado do nosso bairro, então as chances de eu encontrar alguém da escola — a última coisa que eu queria — seriam bem menores. Acho que Jade pensou o mesmo porque, quando me viu, deu meia-volta e seguiu em direção à porta, antes de perceber que já era tarde demais e não havia mais saída, pois todos já tinham visto ela chegar. Eu já tinha visto.

Deitei ao seu lado, colocando as mãos em cima do meu peito. De repente, nossas respirações estavam sincronizadas, seguindo o mesmo ritmo lento. Virei o rosto para ela, que continuava olhando para o teto branco, e ele não tinha mais aquelas estrelinhas de plástico que brilhavam no escuro. Ela realmente havia mudado muito.

— Já pensou em pintar seu cabelo? — ela disse, olhando para mim.

Primeiro pensei que estivesse brincando, mas sua expressão estava séria. Minha risada saiu falhada e levantei uma sobrancelha.

— O que tem de errado com meu cabelo?

— Nadinha, ele é lindo desse jeito e sempre será. Mas, mesmo assim, sempre imaginei você loiro, sabia? Acho que ficaria muito legal.

Meu cabelo era castanho, talvez um pouco mais claro que o dela, mas todo mundo lá de casa era loiro. Quando eu era pequeno, achava até que era adotado por isso, mas sou a cara do meu pai. Não acho que ficaria ruim se eu pintasse o cabelo de loiro, estaria mentindo se eu dissesse que nunca o imaginei de uma cor diferente.

— Você sabe fazer essas coisas?

Jade me olhou como se tivesse sido ofendida com aquela pergunta, mas logo levantou animada, batendo palmas e pulando de alegria; e, num piscar de olhos, estávamos indo para a farmácia no seu Jeep amarelo. Parou no sinal vermelho e, com as sobrancelhas levantadas e a testa franzida, perguntou se eu era maluco. Em seguida, disse alguma coisa sobre seu cabelo continuar com a virgindade intacta.

Quando chegamos, foi direto para a ala de tintas para cabelo, como se sempre fosse para aquela seção quando entrava na farmácia. Não que ela pintasse o cabelo — mesmo porque, quando sugeri isso, ela ficou incrédula.

Estava agachada procurando um loiro que fosse combinar comigo e de uma marca confiável, enquanto eu a olhava concentrada; nisso, uma mulher chegou atrás da gente e chamou Jade, toda animada. Quando olhei para trás, reconheci na hora quem era. Havia visto sua foto em todos os jornais da cidade por semanas depois da morte de Connor, mas agora ela estava um pouco diferente: parecia um pouco mais magra, seu cabelo, que antes era longo, agora estava com um corte chanel e usava uma maquiagem em seus olhos que os tornavam ainda mais tristes. Ela segurava uma cesta com algumas vitaminas e reconheceu Jade, mesmo estando de costas. Ao ouvir a mulher, reconheceu aquela voz imediatamente e, de repente, sua pele bronzeada ficou branca igual a uma folha. Levantou-se devagar do chão, como se estivesse se preparando para o que estava por vir. Quando olhou para a mulher, abriu um sorriso.

— Jade, querida, você continua tão linda! — Abriu os braços e se abraçaram.

Lívia, a mãe de Connor, e Jade não se viam há muito tempo, talvez desde o começo do ano. Isabel e ela continuavam se encontrando, não com tanta frequência como antes, foram melhores amigas um dia de qualquer jeito. Costumavam se encontrar todos os sábados de manhã para tomar café e, apesar de Jade ser sempre convidada, arrumava uma desculpa de última hora para acabar não indo. Mas agora, ali na sua frente, não tinha onde se esconder, por isso fingiu seu melhor sorriso.

— Seu cabelo está muito bonito assim, Lívia.

Ela sorriu, passando os dedos pelos fios curtos.

— Ah, querida, muito obrigada. E vejo que você e seu namorado estão pensando em pintar o cabelo.

Jade e eu rimos, talvez um pouco de nervoso.

— Ele é só meu amigo. Resolvemos pintar o cabelo dele de loiro.

Estendi a mão para ela, que me cumprimentou com um sorriso.

Pensei que ficaria aliviada em saber que não estávamos namorando, porque no fim das contas ela era mãe do garoto que um dia achou que se casaria com Jade. E vê-la ali, vivendo uma vida sem Connor, era doloroso demais. Parecia uma lembrança de tudo o que ela poderia ter tido, mas que o universo a privou ao levar seu filho.

— Ryan, senhora. É um prazer.

— O prazer é todo meu.

Ela ajeitou a bolsa no ombro e trocou a cesta de mão.

— Preciso ir, crianças. — Levou a mão ao rosto de Jade e a acariciou como uma mãe faz. Vendo aquela cena, pareceu ainda mais injusto terem tirado seu filho. — Você sempre será o final feliz que Connor infelizmente não teve. Você merece toda a felicidade desse mundo. Amo você, querida, fique com Deus.

Enquanto observávamos ela sair, foi impossível não encarar aquilo como um adeus de verdade. Jade parecia aliviada, mas triste ao mesmo tempo. Seus olhos estavam transbordando lágrimas porque, de certa forma, Lívia também a fazia lembrar de uma vida que um dia ela poderia ter, mas que foi arrancada dela da noite para o dia. A diferença era que Jade não gostava mais daquela vida e não queria mais ficar presa na possibilidade dela.

Quando Lívia se foi, peguei uma das caixas em que Jade estava lendo o rótulo e entreguei para ela.

— Pronto. Acho que podemos ir agora.

Envolvi minha amiga num abraço de lado, enquanto ela segurava forte a sacola de papel contra o peito. Achei melhor que eu dirigisse.

* * *

Jade estava mexendo na minha cabeça. Ela havia puxado uma cadeira e colocado na frente do espelho do banheiro. Agora descoloria meu cabelo com luvas descartáveis. Ela parecia concentrada mexendo em cada fio, enquanto eu a olhava pelo espelho, mas sabia que ainda estava presa no que havia acontecido alguns minutos atrás na farmácia. Eu não sabia o que dizer, ou tinha medo de dizer a coisa errada e só piorar a situação, mas ao mesmo tempo eu não podia ficar ali quieto fingindo que nada tinha acontecido. Porque todos à sua volta fizeram isso, ela fez isso, quando o melhor era ter conversado a respeito e não fingido que aquilo nunca aconteceu. Respirei fundo.

— Você está brava com ele?

Jade olhou para mim pelo espelho, sem muita expressão, e em seguida voltou a mexer no meu cabelo.

— Ninguém nunca me perguntou isso. — Deu de ombros. — Sim, estou. Mas não só por um motivo, estou brava com ele por vários, na verdade. Estou brava por ele ter sido irresponsável aquele dia e ter saído de carro em uma tempestade de neve. Estou brava por ele não ter conversado comigo antes. Estou brava por ele ter achado que fazer o que fez era melhor do que conversar comigo a respeito, a namorada e melhor amiga dele. Estou brava por ele ter morrido.

Ela limpou com a manga da blusa uma lágrima que escorria, em seguida tentou disfarçar com um sorriso. Ela e Dylan tinham muitas coisas em comum mesmo.

— Há algumas dessas coisas pelas quais eu posso perdoá-lo, mas muitas delas eu não posso. Porque, sabe, Ryan, eu o amava muito, mas não posso deixar que esse amor me cegue e me impeça de ver o que aconteceu. Quando ele fez o que fez, a única pessoa em que ele pensou foi nele mesmo. Foi no que o estava machucando, o que estava faltando para ele e o que ele queria fazer a respeito. Ele não pensou em mim, então eu preciso fazer isso. Há coisas que eu não posso perdoar, ou eu não conseguiria me perdoar depois.

Imaginei o quanto devia ter doído até ela finalmente ter conseguido chegar àquela conclusão. Imaginei o quanto doeu quando ela encontrou Connor com outra, quando ela percebeu que tudo o que havia planejado foi tirado dela apenas com aquela cena. Imaginei o quanto doeu quando recebeu as notícias, quando ela viu o corpo dele pela última vez, sendo enterrado, e todas as noites em que ela não conseguiu dormir porque o peito parecia pesar. Imaginei o quanto doeu ver todos seguindo em frente, enquanto havia dias em que não conseguia nem levantar da cama. Imaginei o quanto deveria estar doendo agora para poder dizer aquilo. No final, não consegui chegar a um terço daquela imensidão. Há algumas dores que não podem ser sentidas pelos outros, apenas por nós. Tudo o que podemos fazer é estar ali, segurando sua mão enquanto ela passa por tudo aquilo, para que ela saiba que, apesar de a dor ser dela, não precisa passar por isso sozinha.

— Meu maior erro foi achar que eu dependia do amor de Connor para me sentir amada, quando esse tempo todo eu poderia ter feito isso sozinha.

Ela agora sorria e não consegui deixar de sorrir também. Sua felicidade sempre seria contagiante.

— Mas não podemos ignorar o papel de Dylan aqui. Não quero ficar comparando, mas Connor me ensinou a amá-lo. Dylan me ensina a me amar.

Durante a vida, encontramos diversas promessas por aí, mas o único amor verdadeiro será aquele que nos faz amar a nós mesmos. Aquele que vai aparecer quando você menos esperar, querendo só levar você para tomar um sorvete ali na esquina. Aquele que vai te ajudar a dormir quando você é prisioneiro dos seus pensamentos. Que vai tentar sentir suas dores, só para você não precisar fazer isso sozinha. Que vai correndo para a sua casa na noite mais fria do mês, porque você não atende a merda do telefone. Que faz você rir quando seu coração está se despedaçando. Que só lhe faz chorar de tanto rir. Que faz olhar no espelho quando ninguém está por perto e se amar para variar um pouco. Que vai fazer você querer viver o amanhã só para ver se vai fazer frio ou calor, se vai nevar ou chover, por mais que a dor peça para você se render.

Amor de verdade nunca vai ser aquele que ensina só a amar o outro, mas aquele que ensina que vale a pena se amar acima de tudo. Então não deixe que a promessa de um amor falso determine a sua vida. No final das contas, é um dia, uma semana, um mês, talvez um ano ruim, mas nunca vai ser uma vida inteira ruim. Por mais complicado que seja, acredite, eu entendo, não deixe que apenas momentos ruins determinem sua vida, dê espaço para os bons também. Porque os ruins sempre vão ajudar a nos moldar, mas os bons também são fundamentais. Se você tende a comparar os momentos ruins com os bons, e chega à conclusão de que sempre há mais confusão que calma, quer dizer, quem sou eu para te dizer o contrário? Não precisa me mandar para o inferno, eu acredito que a vida pode ser muito mais complicada do que é considerado justo. Só quero que você pare e me escute por um segundo, ouça o que eu tenho a dizer e, quando eu acabar, viva a vida como achar melhor. Já tentou pensar no peso de tudo isso? Eu quero dizer literalmente. Já tentou imaginar o peso que o ódio e a raiva teriam se fossem objetos? Eles seriam vazios, seriam ocos. Mas o amor, meu Deus, o amor seria tão cheio, tão grande, que não teria espaço suficiente no quarto.

Então bom dia, boa tarde, boa noite! Espero que as palavras boas ganhem hoje. De qualquer jeito, apesar de não parecer, elas valem muito mais do que as ruins. Não tente comparar palavras que transbordam amor com as palavras vazias. Você consegue, se estiver difícil de respirar por você mesmo, respire por aqueles que são a razão das palavras boas. Mesmo assim, por favor, seja o dono das palavras boas que são ditas para você, para variar um pouco.

Eu acredito em você. Acredite em você.

Agora pode voltar a viver a vida como achar melhor. Se vale alguma coisa, acho melhor a vida quando você a vive.

CAPÍTULO 18

ESVAZIANDO O PEITO

Doutor McDonald olhou para Dylan, que estava distraído com o celular que escondia com as mãos. Sentiu vibrando no bolso da calça e, quando pegou, viu o nome de Jade na tela, avisando que ela havia mandado uma mensagem. Enquanto McDonald dizia alguma coisa, abriu a mensagem e encontrou uma foto que tirei com Jade enquanto terminava de pintar meu cabelo. Já estava totalmente loiro e ela sorria de orelha a orelha, enquanto eu estava com a boca aberta, fingindo espanto. Ela tinha razão, loiro ficava muito melhor em mim. Olhando no espelho, não conseguia me lembrar de um dia em que me senti tão eu, ou tão bem comigo mesmo. Agora Dylan sorria vendo a tela do celular, como se estivesse ali conosco, sentindo aquele momento também.

— Não acho que Jade faça bem para você.

Piscou duas vezes e engoliu em seco antes de voltar sua atenção para o doutor, que tinha as pernas cruzadas e os óculos na ponta do nariz. Não sabia o que ele estava dizendo nos últimos cinco minutos, mas aquilo ele ouviu tão nitidamente que pareceu ecoar em sua cabeça.

Não entendia como Jade poderia fazer mal a ele, ou a qualquer pessoa nesse mundo. A imagem dela com lágrimas nos olhos quando o viu machucado na cozinha veio a sua mente, e chegou à conclusão de que o doutor só poderia ter se confundido.

— O que você quer dizer com isso?

Em silêncio, ele apenas ajeitou os óculos. Dylan bloqueou o celular e o guardou de volta no bolso, não entendendo como alguém que conhecia Jade poderia achar que ela faria mal a alguém.

— O que estou dizendo, Reynolds, é que, desde que a conheceu, não está mais levando a sério o tratamento. Está tomando seus medicamentos como foram indicados?

Dylan ia dizer alguma coisa, mas começou a gaguejar e, antes que pudesse continuar, McDonald o interrompeu.

— Foi o que eu imaginei.

Às vezes esquecia ou achava que não precisava, mas não era como se tivesse parado completamente, sabia o quanto eram importantes para sua recuperação. Mesmo assim, apesar de estar tomando ainda, não ligava quando e sem querer esquecia com a correria. Não era como se ele achasse que precisava tanto deles assim. Quer dizer, estava feliz, mais do que nunca. Havia alguns dias em que as coisas ficavam mais confusas, mas tudo acabava se desembaçando eventualmente. Mesmo assim, isso não estava certo e, olhando para o doutor agora, era nítido.

— Ela não é a cura. Ela pode fazer a vida parecer mais bonita, mas você está doente, e Jade ou qualquer outra pessoa não pode mudar isso. Só você pode. Por isso, precisa levar isso a sério, precisa tomar seus remédios de maneira adequada.

— Eu sei disso, mas você não entende. Eu estou melhor, e não acho que eu preciso continuar tomando.

McDonald cruzou os braços.

Ele não parecia muito velho, talvez estivesse entre os quarenta ou cinquenta anos, mas usava suéteres que pareciam terem sido costurados em casa, e seus óculos só completavam o visual. Ele tinha alguns fios grisalhos, provavelmente por conta do estresse que o trabalho causava, mas ao mesmo tempo tinha a fisionomia de alguém que acordava cedo para correr e tomava suco verde. Sem dúvidas, se Lola o visse, o arrastaria para o altar.

— Não, Dylan. Você está vivendo por ela, não por você, e isso não é certo.

McDonald esfregou o polegar na testa, massageando a região. Dylan automaticamente viu sua mãe sentada ali e lembrou-se de todas as vezes em que ela se sentou na ponta da sua cama, fez o mesmo gesto e explicou para ele, com toda a delicadeza do mundo, que seu pai só tinha um jeito diferente de amar. Ele sabia que, quando fazia aquilo, era porque estava muito cansada de ter que fazer o mesmo discurso.

Ao ver McDonald fazendo o mesmo gesto, Dylan se encolheu involuntariamente na poltrona.

— Ela pode ir embora, Dylan. Não estou dizendo que vá, mas ela pode. E o que você vai fazer quando isso acontecer? Se ela é a razão de você estar melhorando agora, o que aconteceria se ela fosse embora?

Ele inclinou o corpo, apoiando os cotovelos na perna.

— Um dia você vai piorar, vai acontecer uma hora ou outra. Não porque você é fraco, mas porque não pode controlar isso, ninguém pode. Um dia vai acontecer, e Jade não vai poder te salvar.

Dylan olhou para a janela, evitando fazer contato visual com ele.

Nunca tinha pensado na possibilidade de um dia ela ir embora, de um dia eles brigarem ou de conhecerem pessoas novas. Pensou que aquilo era para sempre e podia ser, mas quais eram as certezas?

— Nós ainda nem falamos daquela noite. Você tenta dar voltas toda vez que eu toco no assunto. Isso não faz bem, você só está acumulando tudo.

Dylan olhou de volta para ele. Seu coração estava batendo tão alto, que parecia ecoar pela sala. Talvez estivesse ofegante daquele jeito tão de repente, porque esteve muito tempo correndo. Correndo de tudo. De todos. Dele mesmo. Olhou para as palmas das mãos, que tremiam. Fechou forte. Talvez ele estivesse certo, Jade era só a cola que o segurava, mas ele ainda estava quebrado de qualquer jeito. Talvez fosse só como um dia bonito, mas nem dias bonitos conseguem fazer ele ficar. E ele queria. Queria ficar, mas é difícil, você tenta lutar contra todos os seus monstros quando nem sair da cama consegue. Ele também tinha razão quanto ao incidente, Dylan não tocou no assunto depois que acordou no hospital. Pensou que, se não falasse a respeito, todos podiam fingir que nada aconteceu, porque falar sobre aquele dia seria como revivê-lo, e talvez ele não estivesse pronto para isso. Mas, no final das costas, será que um dia ele estaria pronto? Talvez esse fosse só um dos exemplos de que nunca estamos prontos, de que nunca existe o momento certo.

Ele não podia negar a dor dentro do peito. Parecia estar debaixo de todas aquelas camadas que ele criou para esconder, que agora o sufocavam. Deixamos muitas coisas para enfrentar depois, mas um dia o depois chega e há tanto para lidarmos que fica até difícil respirar.

Dylan respirou fundo e fechou os olhos. Sentia suas mãos suando. Decidiu dizer tudo de tacada, porque talvez nunca fosse estar pronto para aquela conversa. Resolveu pular de uma vez só, mas rezou para ter algo no final para segurá-lo.

— Eu tentei me matar quando eu tinha doze anos. O que é irônico, porque, de tantas coisas que você pode ter com essa idade, depressão não deveria ser uma delas. Tinha um frasco de Tylenol líquido pela metade do meu lado, sabe? Já era madrugada, então eu virei. Quando percebi o que tinha acabado de fazer, entrei em pânico no começo, tentei vomitar. Mas não consegui. Então, em vez de contar para alguém, sentei no sofá com minha irmã e dormi. No dia seguinte, ninguém sabia de nada, eu acordei sem ter certeza se diria. Estávamos vivendo como se nada tivesse acontecido. Então guardei para mim, porque eu estava com tanto medo das pessoas me odiarem, que decidi me odiar. Não preciso nem falar o tamanho da merda que eu fiz, né? Porque, de repente, eu tinha acumulado muita coisa, pensando que, se eu não falasse, seria melhor. Não é. Acho que fica pior. Isso faz mais ou menos cinco anos, e ontem eu fui dormir tremendo, porque eu tive um ataque de ansiedade. Não fica melhor, só piora. Piora porque aí você se acostuma a fazer isso, a guardar e, se abrir, fica muito difícil.

Suas mãos tremiam ainda mais, assim como seus lábios, por isso as escondeu entre as pernas e o assento.

— E, mesmo que se abrisse, já imaginou o quanto sairia? Já pensou o quanto alguém pode se desmanchar se você tentar puxar uma pecinha? Não acontece só uma vez. Você não tenta se matar e depois nunca mais pensa nisso; se não procura ajuda, vai pensar nisso todos os dias. E foi o que aconteceu. Eu tentei de novo, porque fiz isso tudo sozinho e, todo esse tempo, eu não precisava.

Dylan escondeu o rosto com as mãos, que ficaram molhadas com as lágrimas que não paravam de escorrer. Seu peito doía, mas agora parecia vazio, como se ele estivesse guardando muita coisa ali dentro e agora não tinha mais nada. De qualquer maneira, trazia uma sensação de alívio, era como se tudo aquilo estivesse sufocando há muito tempo, e agora ele finalmente pudesse respirar.

— Está tudo bem, Dylan. Está tudo bem agora.

* * *

Os saltos de Jade a fizeram deslizar pelos corredores da escola. Seus cabelos molhados congelavam suas orelhas e não sabia se era impressão, mas tinha certeza de que cheirava a peixe. Quando finalmente nos viu, Dylan e eu, do outro lado do corredor na frente da porta da classe de Josh, acelerou ainda mais o passo. Dylan, que olhava para a tela do celular esperando notícias, ao ouvir o barulho do salto, levantou o olhar. Bom, e aí estava uma cena que não esperávamos presenciar, era como se viesse até nós em câmera lenta. Seus cabelos encharcados caíam em seu rosto pálido e, de tanto frio que ela devia estar sentindo, seus lábios estavam roxos. Dylan desencostou da parede e franziu a testa. Estávamos diante de diversas opções. Podia ter tido uma tempestade de apenas cinco segundos do carro até a porta da escola, dependendo da sorte dela, talvez um raio tivesse até a acertado. Ou talvez ela tivesse caído em uma poça tão funda que poderia ser considerada uma piscina. Não! Talvez ela pudesse ter...

— O que aconteceu com você? — Dylan perguntou, tirando o cachecol ensopado do pescoço dela e emprestando o dele.

Não era muito emocionante, na verdade.

Jade acordou cedo, estava ansiosa e queria fazer tudo a tempo. Enquanto estava no banho, tirando o shampoo da cabeça, o celular começou a tocar na pia. Quando viu que era do abrigo, naquela hora em um domingo, só podia ser uma emergência. Implorou mentalmente, antes de atender, que fosse só um mal-entendido. Não era. Uma foca foi achada em uma praia local com uma rede de pesca em volta do pescoço, e alguns moradores que estavam lá viram e ligaram para o abrigo. A praia ficava a menos de dez minutos de sua casa, e a única pessoa que não estava de folga aquela semana era Payton, mas ela estava treinando os novatos em uma praia a algumas horas dali. Então Jade pegou a roupa que tinha planejado usar naquele dia, enfiou dentro de uma bolsa e, com o cabelo ainda com um pouco de condicionador, foi o mais rápido possível para lá.

Pensou que seria algo mais simples, só tiraria a rede do pescoço da foca e poderia devolvê-la ao mar, mas a história foi completamente diferente quando chegou lá e viu seu pescoço em carne viva. Decidiu que o melhor era levá-la para o abrigo, não sobreviveria daquele jeito por muito tempo, mas até lá eram mais ou menos trinta minutos. Quando terminou de fazer os curativos e viu que faltavam quarenta minutos para as apresentações começarem, saiu correndo da piscina e entrou no carro com a roupa de mergulho. Trocou-se no carro mesmo, morrendo de medo de ser vista seminua no estacionamento da escola, e, correndo pelos corredores, só conseguia pensar no seu banco do carro molhado e com cheiro de peixe.

Depois de Jade retocar o batom rosa claro olhando para o reflexo dos meus óculos escuros, murmurou "longa história" e abriu a porta da sala, sendo possível ouvir as conversas e risadas das crianças. Quando fechou a porta depois de entrar sozinha, o corredor voltou a ficar em silêncio, como se toda aquela gritaria não existisse. O perfume doce, apesar de misturado com um pouco de cheiro de mar, ficou no ar entre nós, e Dylan inspirou fundo antes de começar a andar em direção à porta da saída.

Ele havia me mandado uma mensagem quando eu estava saindo da casa de Jade naquela manhã, pedindo que fosse para a casa dele em seguida. Apesar de estranhar, passei em casa para tomar banho e depois fui. Quando cheguei, encontrei Dylan deitado em sua cama lendo um livro. Suas pernas estavam esticadas, fazendo um ângulo de noventa graus entre a parede e sua cama. Ele estava com os braços levantados, segurando o livro na frente do rosto, concentrado demais até para perceber minha presença. Eu me aproximei, chegando perto o suficiente para ler o título do livro. Dylan costumava estar com um livro novo toda semana. Encontrá-lo daquele jeito era rotina. Era como se não existisse nada fora daquele quarto, seu mundo inteiro estava nos livros em suas mãos.

Franzi a testa ao ver que Dylan estava lendo *Um amor para recordar*. Lembro-me de ver o filme milhares de vezes com Valentina e, por isso, tinha certeza absoluta de que aquele não era o tipo de tema que ele gostava de ler. Dylan sempre preferiu os clássicos que ficavam nas estantes que ninguém procura nas bibliotecas. Aqueles sobre os quais os cineastas não fazem filmes.

Abaixei o livro da frente de seu rosto. Dylan franziu a testa e puxou o livro de volta.

— Só queria ter certeza de que era você mesmo.

O livro era grosso, mas não só por causa da quantidade de páginas: era como se estivesse molhado. Resolvi não perguntar.

— A vó da Jade me emprestou.

Deitei ao seu lado e fiquei olhando para o teto branco. Não sabia ao certo se havia me chamado tão de repente porque estava se sentindo sozinho ou porque precisava dizer alguma coisa, mas decidi esperar ele deixar claras suas intenções. Esperamos até Josh entrar no quarto dizendo que estava pronto. Ele vestia uma blusa social azul-clara, uma gravata borboleta xadrez e tinha uma expressão ansiosa e impaciente ao mesmo tempo. Olhei para Dylan, que examinava Josh de cima a baixo, e o segui quando ele levantou da cama em um pulo. Fomos andando e, enquanto Josh pulava até a escola, foi me contando sobre o quanto estava ansioso para apresentar Jade para todos os seus amigos. Disse que ninguém acreditou quando contou que a namorada do irmão cuidava de tubarões e não podia esperar para provar que estava dizendo a verdade. Olhei de canto de olho para Dylan quando Josh disse "namorada do meu irmão" e o vi sorrindo. Foi a primeira vez naquele dia.

Olhei para o meu All Star mostarda enquanto Josh contava mais sobre o quanto Jade era a pessoa mais incrível que ele já conheceu, e não pude deixar de agradecer por ela ter se atrasado no primeiro dia de aula e Dylan tê-la visto. O destino é algo que eu jamais irei compreender, mas a coisa mais maluca e linda em que consigo pensar. Se não a tivesse conhecido, hoje Josh não teria ninguém para levar e apresentar aos amigos. Não estaríamos fazendo esse caminho agora, talvez Josh estivesse deitado chorando no travesseiro. A única coisa que chega perto de ser uma certeza é o agora.

Agora Dylan estava ainda mais quieto enquanto passava reto pelo Jeep amarelo. Josh correu para dentro da escola. Comecei a pensar o que poderia estar errado. Passou pela minha cabeça que talvez os dois tivessem brigado, mas, do jeito que ele olhou quando a viu hoje, era impossível dizer que ele estava bravo. Essa hipótese foi descartada logo em seguida e, antes de poder criar alguma outra teoria, percebi que Dylan estava me levando para a quadra de fora do colégio. Enquanto atravessávamos o campo, o único som entre nós era o barulho dos nossos tênis na grama molhada e recém-cortada. Era estranho ver aquele lugar vazio, sem adolescentes gritando para todo lado, era até como se não fosse o mesmo lugar.

Sentamos na primeira fileira de bancos. As cadeiras estavam um pouco úmidas pela chuva que caiu de madrugada, mas não liguei muito, pois minha atenção estava agora em Dylan. Suas mãos tremiam e, quando notou que eu as olhava, ele as escondeu entre as pernas. Eu ia dizer alguma coisa para descontrair, mas, assim que abri a boca, ele finalmente começou a falar.

— Eu queria falar com você. Mas não sei como começar. Não sei como falar com você, ou com qualquer outra pessoa sobre isso. Não sei como começar essa conversa, ou continuar.

Olhei para seu rosto, agora pálido. Tentei dizer alguma coisa, mas nada saiu. Respirei fundo e pensei devagar nas palavras.

— Você não precisa saber. Ninguém nunca sabe. Ninguém nunca sabe como começar essa conversa.

Respirou fundo. Agora eram seus lábios que tremiam, fechou os olhos e lágrimas escorreram. Eu nunca havia visto ele chorar. Senti alívio, por mais estranho que isso soe. Dylan estava finalmente sendo transparente, e eu podia ver toda a sua dor, mas pelo menos agora sabia que ela estava de fato lá.

— Eu nunca imaginei que alguém me encontraria daquele jeito. Quer dizer, nunca pensei naquele momento. — Dylan olhou para mim, seus olhos transbordavam lágrimas sem parar. — Nunca pensei que seria você.

Ele não limpou as lágrimas, deixou que escorressem. Eu gostava delas, mostravam o quanto ele estava vivo.

Agora era eu quem chorava, meu peito doía enquanto as lágrimas desciam pela face rosada com o frio. Eu estava sendo transparente também. Estávamos sendo transparentes juntos.

— Eu... eu sei que você estava ao meu lado esse tempo todo, eu sei que tudo que eu precisava era pedir ajuda. Mas eu pensei que você não entenderia, pensei que você fosse me dizer que iria passar eventualmente. Quer dizer, pensei que qualquer um diria isso. A dor era tão grande, Ryan. Ela estava em todo lugar, estava sempre me seguindo. No começo era quase imperceptível e, de repente, eu não podia mais ver nada além dela.

Limpou as lágrimas com a manga do moletom, seus olhos agora estavam vermelhos. Ele estava, finalmente, vulnerável. Tentei não lembrar daquele dia. Tentei não lembrar de seu corpo submerso naquela água escura e vermelha, que transbordava, molhando o piso branco do banheiro. Tentei não lembrar de sua mãe ali dentro com ele, implorando a Deus que não levasse seu filho. Tentei não lembrar das sirenes da ambulância aproximando-se enquanto eu olhava os dois, sentado na frente de sua cama, tentando fazer com que as minhas mãos parassem de tremer. Tentei não lembrar de nada, mas lembrei de tudo. Estava ali. Estava tudo ali bem na minha frente, tão nítido que era impossível ignorar.

— Eu nunca senti tanto medo como naquele dia. Quando encontrei você, foi como se eu estivesse preso em um pesadelo. Pensar em um mundo em que você não vivia nele foi a coisa mais aterrorizante. Eu pensei que você tivesse morrido e eu... eu pensei que fosse morrer junto. Eu queria morrer junto.

Dylan olhou para mim, com a mão na frente da boca, tampando os soluços. A verdade, apesar de libertadora, doía.

— Eu estou tentando. Eu quero viver, Ryan, e eu sinto que esse tempo todo eu só estava sobrevivendo.

— Eu estou com você, irmão. Você não precisa mais fazer isso sozinho, nunca precisou.

* * *

— Pensei que você não iria aparecer.

Jade sentou na carteira ao lado de Josh, encolhendo-se para caber em uma cadeira tão pequena. Olhou para o menino, que a analisava com a testa franzida enquanto olhava seus cabelos pingando. As apresentações já haviam começado fazia meia hora, e naquele momento uma médica falava sobre uma das cirurgias que teve que fazer em um homem que tinha engolido um controle remoto. As crianças ficaram animadas quando ouviram aquilo e agora cochichavam entre elas. Jade sentiu o estômago revirar, odiava falar em público e não havia chances de conseguir parecer mais interessante que uma cirurgiã que tirava controles de dentro das pessoas.

— Desculpe, tive um imprevisto.

— Tudo bem, você está aqui agora. Mas, Jade, por que você está...

Antes que Josh pudesse terminar sua pergunta, todos começaram a bater palmas, e os dois olharam para a médica que sorria e voltava ao seu lugar ao lado da filha, Emma dos cabelos ruivos.

A professora, que estava sentada à sua mesa, levantou-se e foi até a frente da sala.

Seus cabelos loiros estavam presos em uma trança embutida e ela usava um vestido florido. Se não fosse pela altura, seria possível confundi-la com um dos alunos. Ela limpou a garganta e ficou em silêncio por alguns segundos, olhando todos naquela sala. Parou os olhos em Jade, que olhava para suas mãos tremendo debaixo da mesa. Josh, ao ver que a professora olhava para ela, cutucou Jade.

— Josh, acho que você não nos apresentou sua...
— Cunhada.

Jade riu ao ouvi-lo dizer aquilo, assim como o restante dos adultos ali.

A professora fez um gesto para que Jade viesse até a frente e voltou para sua mesa. Ao se ver diante de todos, respirou fundo, limpou as mãos suadas na calça e, para não perceberem que estavam tremendo, as colocou dentro do bolso do casaco. O que faria em seguida? Ela se apresentava e dizia o que fazia? Se tivesse chegado cedo, poderia ter se baseado na apresentação dos outros, mas já era tarde. Olhou para todos aqueles parentes ao lado das crianças, bem-vestidos e com pinta de intelectuais e maduros. Ela se sentiu pequena e um pouco boba.

— Meu nome é Jade, sou uma estudante da Liberty School assim como vocês, e trabalho no abrigo marinho da cidade. Meu tio é dono do lugar, então desde sempre ajudo a cuidar dos animais que acabam indo para lá.

Josh tinha o rosto apoiado nas mãos e a fitava com seus olhinhos grandes. Jade, ao vê-lo assim, não conseguiu deixar de se lembrar de Dylan, que provavelmente estava do lado de fora. O sorriso e o brilho nos olhos eram os mesmos.

— Quem quer fazer perguntas a Jade? — A professora se direcionou aos alunos.

Ao ver as mãozinhas levantadas, Jade se sentiu envergonhada, mas também aliviada. Por um segundo, achou que ninguém se interessaria. Viu crianças atentas e curiosas, e não adolescentes desinteressados com hormônios à flor da pele.

A professora apontou para uma garota de tranças e óculos redondos, que os ajeitou antes de começar a falar.

— Você já viu um tubarão?

Jade riu e contou a história de quando um tubarão mordeu sua perna, e todas as crianças enlouqueceram quando disse que tinha uma cicatriz.

— Podemos visitar o abrigo? — perguntou uma mãe com uniforme policial.

— Quando quiserem.

* * *

Jade saiu correndo com Josh nas costas até seu Jeep amarelo. Ele ria em seu pescoço, e ela podia sentir sua barriga subir e descer rápido com suas gargalhadas que pareciam dar cambalhotas no ar. Ela tentou guardar cada detalhe daqueles minutos, com medo de um dia esquecer o quão viva havia se sentido naquele momento. Quis decorar cada movimento ali, caso um dia precisasse — tiraria aquela lembrança do bolso e usaria como lanterna se o dia ficasse escuro.

Quando chegaram ao estacionamento, viram Dylan e eu com as costas apoiadas na frente do carro. O vento soprava forte, com certeza viria chuva, apesar do céu aparentemente limpo. Dylan tinha as mãos dentro do bolso da jaqueta e seu cabelo balançava conforme o vento soprava, enquanto ele apoiava o peso do corpo em uma perna. Ele parecia ter saído da capa de uma revista adolescente e nem parecia notar como era cativante.

Ao ver Jade correndo em nossa direção com Josh nas costas, seu rosto se iluminou e um sorriso grande apareceu. Não conseguiria disfarçar nem se quisesse. Não conseguiria disfarçar o quão apaixonado por Jade ele era. Dei uma cotovelada de leve em seu braço, e ele olhou com aquele imenso sorriso no rosto. "Pode descansar agora, Dylan", pensei. "Você finalmente está em casa."

— Então, como foi?

— Ela detonou, foi a melhor apresentação, sério!

Jade riu, e Dylan deu um beijo em sua testa. Era um simples beijo, mas ele carregava tantas palavras, tantos alívios e tantos agradecimentos.

Às vezes, a vida não vai dar o que você considera justo, o que você acha que merece. Muitas vezes não vai ser porque você realmente não mereça, mas talvez algumas pessoas sejam escolhidas para passar pelas piores situações, para então ajudar a levantar os outros. Talvez sejamos quebrados não para colar novamente os pedaços de volta em seus devidos lugares, mas para podermos ajudar outras pessoas quebradas a se construírem. Nesse caso, acho que fico um pouco mais em paz. Acho que a ideia de que eu, Layla, Jade, Josh, Dylan e Katherine fomos quebrados para que assim ajudássemos outros a serem inteiros faz tudo não parecer em vão. Espero que você possa pegar um pedacinho de cada um de nós e colar onde está faltando, não tem problema em precisar, muito menos em aceitar.

No caminho para a casa dos Reynolds, fomos ouvindo Bruno Mars, enquanto Josh não parava de cantarolar a letra e dançar sentado no banco de trás. O céu parecia ter sido pintado, as nuvens pareciam terem sido carregadas por tinta rosa, e um sol em um tom alaranjado escondia-se atrás delas. Pensei que sempre seria assim, nossas vidas pareceriam terem sido criadas com as melhores cenas de filmes adolescentes dos anos 2000.

Mas então aconteceu.

Assim que nos aproximávamos da casa dos Reynolds, vimos Layla no quintal, e ela parecia chorar e gritar ao mesmo tempo. Quando nos viu, correu para a rua descalça e parou na nossa frente enquanto soluçava. Jade brecou tão rápido que fomos atirados para a frente. Olhei para me certificar de que todos estavam bem.

Jade e Dylan tiraram o cinto e se jogaram para fora do carro, correndo ao encontro de Layla. Não saí dali, nem mesmo Josh se moveu. A felicidade pareceu ter sido arrancada de seu rosto à força, e agora eu podia ouvir sua respiração tão ofegante, que parecia que havia engasgado com algo. Layla gesticulava rápido com as mãos e apontava para a casa e, mesmo dentro do carro ouvindo as vozes abafadas e meio distantes, nós dois sabíamos o que significavam. Dylan olhou para Jade e disse algo de maneira bem firme. Ela parecia assustada, mas tentando lidar com a situação da melhor forma possível. Quando terminou de falar, sua expressão mudou, e agora ela parecia quase tão nervosa quanto Layla. Ele se aproximou para tentar tocá-la, mas ela recuou, parecendo indignada enquanto negava com a cabeça. Layla parecia ainda mais preocupada depois do que ele havia acabado de dizer, e agora segurava na manga do irmão enquanto parecia implorar. Mas aquela cena não durou muito, Jade olhou para Layla e depois para ele, e pareceu entender o que era preciso ser feito. Com o coração pesando, Jade a pegou delicadamente pelo braço e abriu a porta do passageiro. De repente, os soluços ficaram mais nítidos e altos, o choro alto não parecia apenas ter preenchido cada canto daquele carro, mas também pesado em nosso peito. Jade olhou para Dylan por um breve minuto com as duas mãos no volante, então respirou fundo e deu meia-volta, indo embora dali. Olhei para Dylan por uma fração de segundo e o vi entrando na casa. Senti o meu coração bater forte, porque, daquela vez, não sei se ele sairia.

CAPÍTULO 19

ENFIM, NOS DEIXOU

Era o meu coração batendo rápido. O barulho dos pneus deslizando em cada curva. Os soluços e choros altos de Layla e Josh. Era o barulho da chuva forte batendo nas janelas. O motor do carro.

E então, silêncio.

Jade conversava com os pais na sala, mas ali em cima, no quarto dela, nós três não conseguíamos ouvir uma palavra. E ali ninguém dizia nada também. Josh ficou tão nervoso e amedrontado que dormiu no colo de Layla, enquanto ela acariciava seus cabelos e observava seu rosto angelical. Talvez se alguém entrasse ali, não notaria toda a bagunça; mas, naquele momento, sujávamos o carpete com nossos medos e angústias.

De repente, a mãe de Jade abriu a porta do quarto, olhou para todos nós encolhidos e achou que precisávamos de apoio. Sentou ao lado de Layla no sofá e deixou que ela chorasse todas as suas dores em seu ombro. Parava de escorregar seus dedos pelos cabelos negros da garota apenas para beijar sua cabeça de vez em quando.

Jade não voltou para o quarto aquela noite depois de conversar com os pais, pegou a chave do carro e voltou para a casa dos Reynolds. A chuva havia parado.

Ao chegar lá, notou que o carro do pai de Dylan não estava e sentiu um alívio imenso dentro do peito. Então mandou uma mensagem avisando que estava do lado de fora. Não demorou para que ele saísse. Mesmo no escuro da noite, pôde ver seu lábio sangrando e seu olho esquerdo com uma coloração meio avermelhada. Ele mancava enquanto vinha em sua direção. Parecia ser outra pessoa. Alguém triste, cheio de raiva e dor. Antes que fechasse a porta, Jade pôde ver Katherine deitada no sofá dormindo. Não conseguiu ver direito seu estado por causa das luzes, mas, olhando para Dylan, presumiu que ele havia ficado todo aquele tempo tentando acalmá-la.

Sentiu um arrepio quando o viu mais. Não sabia como Jeremy havia saído dali, mas ele parecia completamente destruído.

— Dylan!

— Eu sei, não parece, mas eu realmente estou bem. Acho que parece pior por fora.

Ela colocou a mão na boca, abafando os soluços altos que saíam enquanto chorava. Pensou que nunca mais o veria, não quis deixá-lo ali sozinho com seu pai, mas não viu outra opção racional. Às vezes ficar é pior do que ir, e ouvir é melhor que opinar.

Dylan a puxou para perto de seu peito, e ficaram os dois se apoiando um no outro por longos minutos. Ambos precisavam daquilo.

— Pensei que iria te perder.

— Está tudo bem agora, Jade. Acabou. Ele foi embora, levou todas as coisas e saiu. Não acho que vá voltar.

Ela se afastou de seu peito ao ouvir aquelas notícias, sentindo as lágrimas se acumularem e entalarem no meio de sua garganta. Não conseguiu dizer nada. Chorou com ele até suas pernas não aguentarem mais, e mais um pouco. O ontem tinha sido difícil, o hoje também foi e talvez o amanhã fosse ser. Mas eles teriam aquilo, um amanhã, e teriam juntos.

CAPÍTULO 20

CADÊ A CHAVE?

Jeremy de fato foi embora. Desde aquele dia, nunca mais voltou nem mesmo para o trabalho. Disseram que ele pediu transferência. Não trabalhava mais na delegacia da cidade. Mesmo assim, Katherine ficou com medo de continuar na mesma casa, caso um dia ele resolvesse aparecer, então se mudaram. Não era tão perto como antes, não iríamos poder sair andando no meio da noite para nos encontrarmos com eles, mas pela primeira vez sabíamos que eles estavam em paz e em segurança. As aulas estavam acabando e, enquanto nos matávamos na semana de provas, sempre nos apoiávamos.

Dylan estava prestando vestibular para medicina. Percebeu como era capaz de coisas incríveis e passou a correr atrás de seus sonhos. Layla estava interessada em cinematografia e, se antes não largava da sua máquina, agora muito menos. Jade já havia sido aceita e convidada para diversas faculdades, o que não era de se surpreender. E eu, bom, eu ainda não havia decidido o que fazer, mas não precisava ter todas as respostas de imediato, está tudo bem em não saber qual será o próximo passo.

E a vida continuou. Acho que precisamos chegar, nos permitir, ir até o fundo do poço, tentar parar de evitar a queda, para finalmente perceber o quanto somos fortes para nos levantarmos e seguirmos em frente. Muitas vezes achamos que já chegamos ao fundo do poço, mas as coisas podem piorar e muito.

Uma semana depois de as aulas acabarem, Jade ficou responsável por pegar Josh na casa de um amigo, já que Dylan precisava levar o carro deles para a concessionária.

Josh apareceu na frente da porta da casa do amigo no horário combinado, se despediu de todos ali e, enquanto Jade acenava para eles, pulou no banco de trás e contou sobre o dia dele, rindo e fazendo pausas ao se distrair com as coisas que encontrava no caminho para casa. Eles ouviram Bruno Mars no caminho de volta, o preferido dele, e cantaram o mais alto que conseguiram.

Estava ainda claro, mais ou menos quatro da tarde, quando Jade parou seu Jeep amarelo na frente da casa. Só então notou que não havia pedido as chaves para Dylan, quando não as encontrou na bolsa. Fez uma careta prevendo que ficariam por um bom tempo esperando até alguém aparecer. Perguntou a Josh se ele, por acaso, não tinha uma chave com ele.

— Não, mas eu posso tentar escalar até a janela do meu quarto, acho que esqueci de trancar, é só abrir rapidinho.

Não era tão alto, e ela já havia visto Josh fazer isso antes, mas não que ele ficasse se pendurando pelas paredes.

Dylan às vezes esquecia a porta dos fundos que dava para a cozinha aberta. Quem sabe eles tivessem essa sorte. Pediu para que Josh não se movesse e ficasse ali só para ela checar se a porta estava aberta, dizendo que voltaria em alguns segundos. Ele assentiu, e Jade achou que ele a escutaria e a obedeceria. Não foi o que ele fez aquele dia.

Enquanto Jade conferia a porta dos fundos, Josh resolveu provar que era muito mais fácil pelo seu jeito. Então tentou subir até sua janela para entrar por lá.

Naquele mesmo horário, um policial fazia sua ronda pelo bairro e, ao ver Josh ali, presumiu o pior. Não. Ele não viu Josh ali. Aquele policial não viu um garotinho tentando entrar na própria casa em um bairro de classe média alta. Não viu uma criança. Ele só conseguiu enxergar a cor da pele e seu preconceito. Bastou isso para que ele parasse sua viatura, descesse e, só enquanto gritava "Ei, garoto!", disparasse a arma. Jade ouviu o barulho do tiro e sentiu o coração parar por um segundo. Correu para a frente da casa e viu Josh ali no chão. O policial olhava a cena e falava com alguém pelo rádio, mas não fazia nada para ajudar. Ela se jogou no chão, colocou o corpo do menino em seu colo e gritou por ajuda. Não demorou muito tempo para os vizinhos saírem de suas casas depois do tiro e dos gritos. Ela berrava para que alguém ligasse para uma ambulância enquanto tinha Josh em seus braços. Suas lágrimas deixavam sua visão embaçada, mas ela podia ver seu peito subindo e descendo, e ouvir sua respiração ofegante. Ela olhou para as próprias mãos e tudo o que viu foi sangue. Ligavam para a ambulância, questionavam o policial, mas Jade só conseguia ver os olhos castanhos de Josh levemente se fechando.

— Aguenta firme, Josh! Já estão vindo, a ajuda já está chegando.

Ele demorou para responder, olhava para ela, mas parecia não estar mais ali. Não parecia nem mesmo sentir dor, parecia calmo, em paz.

— Por favor, Josh, por favor, por favor! Aguenta mais um pouco! Desculpa, eu não deveria ter deixado você sozinho. Não vai mais acontecer, por favor, fique comigo.

O sangue escorria pelo canto da sua boca, e Jade o limpou com sua manga. Não conseguia respirar... Por que a ambulância não chegava logo?

— Jade, você pode cantar aquela música que você sempre está ouvindo no carro? Aquela que você canta quando acha que ninguém está por perto?

Ela não aguentou, seu peito parecia estar perto de explodir. Negou o pedido, disse que, quando ele estivesse bem no hospital, cantaria. Mas o tempo foi passando, a ajuda demorava para chegar, e todos sabiam o que significava.

Rezou, segurou o pingente de cruz com as mãos sujas de sangue e implorou para que ele vivesse. Rezou e rezou, mas ninguém a ouviu.

Jade olhou para Josh, que parecia mais fraco a cada segundo que passava, e respirou fundo.

— *Memory... all alone in the moonlight.*

Ela podia sentir o coração dele desacelerando. Tentou segurar mais forte, talvez se o segurasse perto o suficiente ele ficasse.

— *I can smile at the old days...* — Sua voz falhou, tentava cantar mais alto que seus soluços. — *It was beautiful then. I remember the time I knew what happiness was.*

Agora ele chorava também, e sua pele parecia fria como gelo. Era como se pudesse senti-lo indo embora, mas não conseguia fazer nada para impedir que fosse.

— Você foi nosso anjo, Jade. Eu estou bem agora, pode me deixar ir.

Ele fechou os olhos e, quando fez isso, Jade não acreditou que era a última vez. Tinha seu corpo, antes cheio de vida, agora frio e frágil em seus braços. A dor era tão grande que imaginou que nunca mais iria conseguir sair dali, que nunca mais iria deixar que alguém o tirasse de seus braços.

Estava tudo bem por um segundo e, de repente, tudo havia acabado. Como poderia existir um mundo depois que Josh foi tirado dele?

A ajuda chegou, mas era tarde demais, Josh Reynolds havia morrido.

— *Let the memory... live again.*

CAPÍTULO 21
O ENTERRO

Era como o fim do mundo, como se aquele tivesse sido o último dia da nossa vida, e nada mais existia depois de Josh. Como poderia? Como poderia existir um mundo sem Josh? Como poderíamos continuar a viver desse jeito? Como você continua depois que algo assim acontece? Eram muitas perguntas, mas o silêncio não respondia nenhuma delas.

Josh parecia estar em todo lugar, mas ao mesmo tempo ele não estava em nenhum. Era como se a qualquer momento ele fosse sair do quarto com seus carrinhos na mão, correndo por cada canto da casa enquanto gargalhava vendo o mundo como só ele conseguia. Mas a casa estava em silêncio, os únicos sons que eram possíveis de serem ouvidos eram os choros abafados e o barulho dos talheres batendo em pratos de vidro ainda cheios.

Katherine não saía de seu quarto. O ar parecia mais pesado e seu peito não parecia conseguir aguentar o peso que o mundo despejou sem avisos. Layla e Dylan saíam de seus quartos de vez em quando para levar comida para a mãe, mas o prato quase sempre voltava intocado. A morte tem um gosto amargo e, quando ela se instala em sua garganta, não há nada que passe por ela.

A cidade inteira estava comovida por aquela morte tão trágica e prematura. Bem, como sempre, havia exceções. Na televisão, discussões sobre a atitude do policial eram debatidas, e alguns achavam que sua atitude foi correta e que aquilo não tinha nada a ver com a cor da pele de Josh. A dor por si só já era insuportável, mas ver o rosto do garoto em todo lugar e pessoas tentando justificar aquela tragédia era demais.

Ninguém mais se falava, nos primeiros dias ficamos dentro dos nossos quartos evitando qualquer tipo de interação com o mundo.

As mãos de Jade ainda tremiam desde que seguraram Josh pela última vez. A morte, a esse ponto, parecia persegui-la. Mas desta vez foi diferente, ela não se escondeu da dor, nem nela. Não ficou sozinha, disse tudo que estava sentindo, mesmo não se sentindo preparada para dizer.

Talvez nós nunca estejamos prontos para falar sobre certas coisas, então o melhor a fazer é dar o primeiro passo mesmo se sentindo paralisado. Fica um pouco mais fácil quando você consegue dar o primeiro passo: quanto mais derrama a dor que transborda dentro de você, as chances de se afogar nela serão menores. Se mesmo assim você afundar, não se esqueça de erguer a mão e pedir ajuda, todos nós cansamos uma hora ou outra de nadarmos sozinhos. Não deixe que a dor apodreça dentro do seu peito, o lugar dela nunca foi aí. Acho que, se você ignorá-la, fingir que não está lá, será o mesmo que virar as costas. Nada vai mudar, você só não vai estar olhando diretamente para ela, mas isso não significa que ela não esteja ainda ali, ou que não possa influenciar. Talvez assim seja pior, porque você passa a agir de maneira diferente, mas não entende que é porque ainda está lá, como você vai conseguir admitir que algo ainda assombra e influencia se você não sabe que ainda está lá? Para deixar a dor sair, é preciso entender que ela existe. Ela não foi convidada, então não vai sair porque você pediu ou quer. Fale dela. Chore a dor. Grite-a. Faça isso até não sobrar mais nada dela dentro de você.

Jade chorou no colo dos pais até não conseguir mais, mas desta vez respeitou seu estado. Entendeu que com ele viriam dores, angústias e maus momentos, mas não havia nada que pudesse fazer. Respeitou seu tempo e se permitiu sentir. Deixou a dor entrar e se apoiou em quem a amava quando parecia muito pesado para carregar aquilo sozinha.

Às vezes, tentava entrar em contato com Dylan, mas ele não atendia. Ia até sua casa e esperava horas na sua janela, mas nada de ele deixá-la entrar. De qualquer jeito, Jade entendia, sabia como tinha sido para ela e como reagiu quando aconteceu com Connor. Estaria ali para ele quando entendesse que não há nada que possamos fazer, além de enfrentar nossas dores e pedir ajuda.

Era o dia do enterro. Foi só aí que todos nós nos encontramos.

O dia estava lindo, o céu estava claro e o sol brilhava forte. Parecia injusto um dia tão lindo em tal ocasião. O mundo inteiro deveria estar em luto, as nuvens deveriam estar chorando conosco.

Quando cheguei na porta do cemitério, Jade estava ali parada. Seus pais estavam com ela e pareciam dizer alguma coisa, mas, quando me viram, a deixaram sozinha e seguiram pela grama verde e bem cuidada. Parei ao seu lado e peguei em sua mão, seus olhos pararam nos meus. Dor. Ela estava por todo lado e transbordava nos olhos cor de mel de Jade.

— Não sei se consigo fazer isso, Ryan.

Olhei para a frente, avistando todas aquelas lápides com flores em volta. Para um lugar tão triste, parecia muito iluminado.

— Ninguém nunca acha que consegue, Jade. Mas estamos aqui um para o outro, vamos passar por isso juntos.

Ela limpou as lágrimas que escorriam com a manga do vestido preto, limpou o rímel borrado debaixo do olho e assentiu. Demos o primeiro passo. Foi o pior, o mais doloroso, porque sabíamos que dali em diante teríamos que continuar andando, teríamos que continuar. A pior parte da morte é a vida, que segue mesmo assim depois dela.

Quando avistamos todas as pessoas ali, Jade, involuntariamente, apertou mais a minha mão até seus dedos ficarem brancos, e eu sabia que ela queria sair dali o mais rápido possível. Eu também queria, mas nós dois sabíamos que não haveria mais passos para trás, só para frente. Juntei tudo que ainda me restava e continuei andando, nos levando.

Layla estava de costas para todos, olhava para trás enquanto o vento batia em seu rosto e balançava seus cabelos. Seus olhos estavam vermelhos, mas não escorriam mais lágrimas. Ali em pé, ela não parecia ter apenas perdido o irmão, mas a dor parecia ter lhe roubado alguns quilos. Parecia mais magra do que antes, tão frágil quanto vidro.

Dylan estava sentado ao lado da mãe, que chorava lágrimas que não entendia como ainda podiam existir, e segurava sua mão. Pensava em Josh, como todos ali, e prometia a si mesmo nunca mais soltar a mão de quem amava — talvez se tivesse segurado a de Josh, ele ainda estaria ali. Isso é um conforto que achamos para nós, algo que usamos para tentar nos sentir melhores. Procuramos maneiras de fazer as coisas que já aconteceram para podermos nos culpar e acreditar que o cenário poderia ser diferente. Não. Não há nada que Dylan pudesse ter feito naquela tarde para salvar o irmão, e culpar-se parece o mais lógico a se fazer agora, a melhor maneira para acreditar que podemos evitar o inevitável, mas não é verdade. A verdade é dolorosa, fria e cruel, mas precisamos encarar para um dia, quando for finalmente a hora, tentar seguir em frente.

Jade soltou a minha mão. Pensei que ela fosse até Dylan, mas se virou e foi até Layla. Alguém precisava segurar sua mão também. As duas ficaram ali quando o enterro começou. Layla não quis olhar o irmão sendo enterrado, e Jade respeitou sua vontade. Ficou ao lado da amiga em pé o tempo todo.

Foi só no final, quando quase todos já haviam ido embora, que ele chegou. Chegou como nos últimos vinte anos, cambaleando com uma garrafa de uísque na mão. Jeremy tropeçava nos próprios passos, e quando o vimos, o mundo pareceu nos derrubar mais uma vez. Fazia alguns meses que não o víamos, mas ali estava ele. Quando Dylan o viu, a mão fraca teve que o segurar para que não subisse no pai. Layla se virou para nós e, quando o viu, pensou que iria vomitar. Mas o quê, se mal comia?

Jeremy veio na direção de Dylan, e ninguém ali movia um músculo, com medo do que aconteceria em seguida. Quando, de repente, em um movimento rápido, ele deu um soco tão forte no filho, que o fez desabar. Katherine se jogou ao lado do filho, gritando de dor, mas palavras não pareciam sair da sua boca.

Meu pai segurou Jeremy pelos braços, o que não foi uma tarefa muito fácil, já que era um policial forte e parecia estar fervendo de raiva. Layla continuava olhando a cena, sem reação nenhuma. Jade e eu fomos ao encontro de Dylan, que parecia tentar se recuperar do golpe ainda no chão.

— Deveria ter sido você! Deveria ter sido você quando tentou aquela noite! — ele cuspiu as palavras em Dylan.

Todos olhavam, não acreditando no que haviam escutado. Menos Layla. Ela parecia ter saído do transe, e agora segurava a gola da blusa social do pai tão forte que a veia em sua testa saltava.

— O que você disse?

Jeremy riu de uma maneira sarcástica e seca. Com cheiro de álcool saindo de sua boca, começou a cuspir as palavras bem perto do rosto de Layla.

— Ninguém te contou, né, garota? O destemido do seu irmão tentou se matar enquanto você estava naquele seu curso estúpido de férias.

Foi aquilo. Foi com aquelas palavras que Layla perdeu tudo, foi ali que a dor preencheu cada milímetro do seu corpo, e respirar ficou ainda mais difícil. Sentiu suas pernas bambas, queria sair dali, daquela vida, mas naquele momento o que conseguiu foi sair daquele lugar o mais rápido possível.

— É verdade isso, Dylan?

Ele, ainda tendo dificuldades para assimilar o que havia acabado de acontecer ali, não conseguiu dizer nada. Layla entendeu o que aquilo significava: não tinha sido um mero acidente.

— Como você… Você ia me deixar aqui? Como você foi capaz de ser tão egoísta?

Antes de Layla sair correndo dali, juntou a raiva de todos aqueles anos e, sem hesitar, deu um soco tão forte em Jeremy, que, se não quebrou algum osso da sua mão, sem sombra de dúvida teria quebrado algum do pai. Ou os dois.

Dylan levantou e correu atrás da irmã, mas sua visão estava turva e não conseguiu alcançá-la. Jade e eu fomos atrás dele e, quando o vimos de joelhos na frente do portão, o mundo pareceu voltar ao seu ritmo; tentando normalizar sua respiração, Jade pediu para que eu fosse atrás de Layla. Olhei para ela e depois para Dylan ali no chão, mas não demorei para sair dali o mais rápido possível. Consegui ver o corpo esguio de Layla virando a rua, e não hesitei em sair correndo atrás dela.

Jade, ainda sentindo as palavras de Jeremy queimar em sua pele, juntou todas as forças que tinha e não tinha e ajudou Dylan a se levantar. Pegou a chave do Jeep amarelo e, com os braços dele em volta de seu pescoço, levou-o até o banco do passageiro.

— Vamos tirar você daqui.

CAPÍTULO 22

FUNDO DO POÇO

Quando Jade estacionou o carro na praia, sentiu-se aliviada com o cheiro salgado do mar, aquilo parecia remédio para o seu coração fraco. Dirigiu o caminho inteiro pensando no que Jeremy havia dito, mas nem ela nem Dylan disseram nada.

Jade ajudou-o a sair do carro e, quando abriu a porta, notou que seu nariz sangrava e que havia manchado sua camisa social branca por baixo do terno preto. Não disse nada mesmo assim, só o ajudou a andar pela areia enquanto segurava os saltos com a outra mão. Quando chegaram à beira do mar, sentaram-se lado a lado.

O vento estava gelado e a água ameaçava tocar seus pés. Exceto por alguns moradores que corriam, a praia estava vazia.

Só ouviam o barulho das ondas se quebrando e das gaivotas que sobrevoavam. Jade engoliu em seco e, sentindo as pontas dos dedos formigarem, pegou a mão dele. Inspirou fundo e, quando expirou, as lágrimas saíram junto com o ar.

— Não consigo imaginar uma vida em que nós não nos encontrássemos. Não quero nem imaginar que eu poderia não ter conhecido você, Dylan.

— Eu estou aqui agora, Murphy. Não fui para nenhum lugar. Nem vou.

— Mas quase foi. E vai querer ir agora.

Jade limpou as lágrimas, antes de continuar.

— É horrível. É horrível perder alguém, porque sempre achamos que havia muito mais que poderíamos ter dito e feito. Em um segundo a pessoa está bem aqui, e em outro não. É rápido, é de repente, sem avisos. É como uma batida de carro. — Pensou em Connor. — E não há ninguém neste mundo que vá querer ficar aqui depois de perder quem amava, porque a vida perde a essência e o ar parece pesar em nossos pulmões. Então você vai querer ir, todos nós queremos.

A água tocou os sapatos de Dylan, mas ele não pareceu se importar. Jade colocou para trás da orelha o cabelo que voava na frente do rosto e cruzou os braços, tentando se aquecer daquele vento frio.

— Você perdeu alguém que amava quando tomou a decisão de acabar com a própria vida, perdeu a si mesmo. E como qualquer dor de luto, parece ser insuportável e permanente. Layla não quis dizer o que ela disse naquele momento, ela estava brava, porque a ideia de te perder é assustadora, Dylan. Mas, por favor, nos conte quando tudo parecer insuportável, tudo bem? Quando você achar que chegou ao seu limite e talvez não haja mais escapatória, deixe-nos ajudar. Eu sei como é. Só queremos acabar com a dor, todos nós queremos, e alguns de nós só vemos uma maneira de fazer isso. Mas se você acabar com esta vida, acaba com todas as possibilidades de um dia ela ficar melhor. Quer dizer, não vão parar de aparecer pedras no nosso caminho, mas uma hora aprendemos a lidar com elas melhor e passamos a aproveitar ainda mais as flores que também vão aparecer. Se você acaba com esta vida, acaba com as infinitas vidas que poderia ter. Então fique e nos deixe ficarmos juntos.

Ele olhou para ela, com os olhos cheios de lágrimas, e concordou. Sentiu toda a dor que o mundo tinha depositado em seu peito e achou que não iria suportar. E não iria mesmo. Você não vai suportar todas as dores da vida, é impossível fazer isso sozinho. Não é preciso suportar tudo sozinho, e era isso que ele finalmente havia percebido. O mundo não tinha ficado mais leve com aquilo, a dor da perda não havia diminuído e as lágrimas não pararam de cair. Mas tudo ficou mais suportável quando entendeu que nunca foi uma batalha para lutar sozinho.

Agora, sim, tinha chegado ao fundo do poço, despencou lá de cima. E provavelmente ficaria um pouco lá embaixo até sentir que conseguiria subir de novo, mas tudo bem, porque não subiria sozinho.

Não há nada que alguém poderia dizer para qualquer um de nós que nos fizesse sentir menos a perda de Josh. Estava lá, claro como mancha de vinho em uma toalha branca. Nada poderia fazer com que nos sentíssemos melhor, porque havíamos perdido uma parte de nós quando Josh foi tirado deste mundo, uma parte que jamais poderia ser recuperada. Nunca superaríamos a sua morte, mas um dia a dor ficaria menos insuportável e, até lá, faríamos isso juntos.

CAPÍTULO 23

IRMÃOS PARA SEMPRE

Quando chegaram em casa, Layla estava sentada na frente da porta, esperando. Jade achou melhor ir e deixar os dois ali sozinhos. Dylan lhe deu um beijo de despedida e sorriu ao lembrar da sensação dos seus lábios nos dela, fazia tempo que não sentia aquilo. Era um beijo de "até daqui a pouco", o melhor tipo que existe.

Layla olhava para os tênis surrados quando ouviu o carro se aproximando. Levantou a cabeça e o viu chegando. Notou seu nariz sujo de sangue e sorriu, levantando o punho vermelho para ele.

— Se serve de consolo, o seu não é o único nariz ferrado. E se ajuda ainda mais, minha mão está me matando, mas valeu muito a pena.

Dylan riu e sentou ao seu lado, sentindo cada músculo do seu corpo doer ao fazer tal movimento.

— Você está horrível, Dylan.

— Pensei que você estava tentando me consolar.

— Pensei que tinha sido o suficiente. Se quiser, posso continuar. — Layla limpou a garganta e afinou a voz. — "Ai, Dylan, eu te amo tanto! Você é tão lindo e forte!"

Ele, rindo, deu uma cotovelada nela.

— Ei, posso te dar um socão a qualquer momento — ela disse, mostrando o punho machucado.

— Você está começando a se gabar — o irmão respondeu.

Os dois riram, mas em seguida o silêncio tomou conta do lugar. Eles sabiam que precisavam conversar, só tentavam juntar coragem para começar.

— Ele foi preso.

Dylan olhou para ela espantado. Ele havia entendido o que sua irmã tinha dito, mas ao mesmo tempo queria ouvir de novo. Queria ouvir de novo, porque passou a vida inteira esperando por aquele momento, para finalmente ouvir aquelas palavras.

— Chamaram a polícia assim que nós quatro saímos de lá. Os pais da Jade e os de Ryan apoiaram a mamãe, depondo na polícia. Sério, ele vai ter tudo o que merece. Não está sendo acusado apenas de violência doméstica, mas de abuso de poder e maus-tratos. Acabou pra ele, dessa vez realmente acabou. Vai ficar preso até o julgamento.

Layla sorriu, com lágrimas no rosto, e segurou a mão dele. O coração dos dois parecia mais leve agora, e era como se pudessem finalmente respirar. Dessa vez tinha realmente acabado, podiam ficar em paz de uma vez por todas. Queriam que Josh soubesse que o pai tinha conseguido o que merecia, mas ao mesmo tempo sabiam que, onde o irmãozinho estivesse, ele sabia disso e estava em paz também.

— Sobre aquilo que eu disse, desculpe. Fiquei assustada com a ideia de quase ter perdido você. Você não é egoísta e também não foi quando achou que a única saída era acabar com tudo. Sei que só estava com medo e se sentindo sozinho. A dor faz isso, ela nos impede de ver qualquer outra coisa que não seja o caos. Mas eu estou aqui para te mostrar que não é verdade, há ainda muitas coisas neste mundo de tirar o fôlego, e quero que você esteja aqui para reclamar quando eu quiser parar para tirar foto delas. — Os dois riram. — Nunca achei que você estivesse se sentindo tão sem esperança, mas eu também estava. Quer dizer, já me senti exatamente da mesma forma, só achei que não poderia contar pra você, porque pensei que não entenderia.

Layla, mesmo com as lágrimas escorrendo, as deixou de lado e limpou as do irmão. Os dois sorriram um para o outro porque, apesar do vazio que estavam sentindo depois de tudo, também sentiam amor um pelo outro e sabiam que agora estavam seguros, que estavam em casa, juntos.

— Eu sei como é, e posso não sentir as coisas do mesmo jeito que você as sente, mas eu, mais do que ninguém, sei como se sente.

Fomos criados debaixo do mesmo teto e tivemos o mesmo pai. Você é a primeira pessoa que amei, lá desde quando estávamos na barriga da mamãe. Então preciso que entenda que estou aqui para você e por você, desde sempre e para sempre.

Ele puxou a irmã para perto e beijou sua cabeça.

Nunca esteve sozinho, só achou que estivesse, mas todo esse tempo nunca esteve. Agora tudo parecia muito mais claro, entedia que havia muitas pessoas que estavam ao seu lado para quando precisasse e para quando achasse que não ia precisar. Havia muito para arrumar, muitas dores para serem cuidadas, mas levaria um segundo de cada vez.

— Você sabe que não há nada que poderia ter feito, não é? Não há nada que alguém poderia ter feito. Infelizmente, maninho, algumas coisas são inevitáveis. Dói não poder fazer nada ou não ter controle sobre essas coisas, mas quero que você saiba que você não teve culpa.

Como Layla disse naquele dia, algumas coisas são inevitáveis; e, em todas as infinitas vidas de Dylan Reynolds, Josh transformava-se em estrela.

— A vida não nos dá só machucados, ela nos dá Band-Aids junto com os tombos. Prazer, Band-Aid, maninho.

CAPÍTULO 24

A DESPEDIDA

Jeremy foi julgado e declarado culpado. Passaria longos anos na cadeia. Quando ouvimos a notícia, choramos todos juntos por horas. Aquilo era o começo de tudo, finalmente os Reynolds parariam de sobreviver e começariam a viver. Naquele dia, foram ao cemitério e contaram para Josh as notícias.

— Sem mais músicas do Aerosmith para nós, maninho... — Dylan sussurrou perto da lápide antes de irem embora. — Eu prometi que conseguiríamos.

Katherine havia voltado a dar aulas e, graças aos pais de Jade, lecionava na Liberty School. De noite, cursava direito e pretendia abrir um escritório para ajudar mulheres que sofrem violência doméstica. Todos os dias, quando chegava em casa, sentava na cama de Josh e falava sobre seu dia, com esperanças de que ele pudesse ouvir de onde estivesse.

Quanto ao policial responsável pela morte dele, foi demitido. Além disso, uma organização, com o intuito de conscientizar as pessoas sobre crimes motivados por racismo dentro da polícia, foi aberta e batizada de "Josh Reynolds".

Layla havia sido aceita na faculdade de fotografia e iria se mudar para Los Angeles. Sempre gostou da cidade agitada e aproveitou a oportunidade quando lhe foi oferecida uma vaga. Dylan conseguiu entrar na faculdade de medicina que tanto queria, e era só a uma hora da faculdade de biologia marinha em que Jade havia sido aceita. Os dois terminariam a faculdade e voltariam para Portland. Jade tomaria conta do abrigo e Dylan se tornaria cirurgião pediátrico. Portland seria sempre onde o final feliz deles estaria.

Depois de muito tempo em dúvida, eu resolvi seguir a carreira jornalística e, enquanto cursava a faculdade, trabalharia na organização Josh Reynolds em prol da conscientização sobre crimes raciais.

No dia da mudança de Dylan e Jade, nos encontramos os quatro e ficamos sentados na calçada, relembrando tudo o que acontecera nos últimos meses. Das coisas boas, que fizeram nossos maxilares doerem de tanto sorrirmos, e das engraçadas, que fizeram perdermos o fôlego de tanto rirmos. Das ruins também, porque, se fosse para não serem lembradas, não teriam acontecido. Relembramos delas e choramos, mas aliviados porque passamos por tudo juntos.

Quando o sol começou a se pôr, levantamos e nos despedimos. Sentiríamos saudades durante o tempo em que ficaríamos longe uns dos outros, mas nunca sentiríamos falta. Depois de tudo, era impossível a vida nos separar. E não iria. Começamos juntos e acabaríamos juntos.

Olhei para Dylan e lembrei da noite em que ele prometeu para Josh que um dia viraria médico e tiraria todos dali. Sorri, porque, Josh, seu irmão conseguiu.

— Até daqui a pouco? — Dylan abriu os braços, puxando-me para um abraço.

— Até daqui a pouco.

Layla e Jade se despediam, chorando e prometendo que conversariam todas as noites.

Layla, ao se afastar de Jade, pegou sua mão e colocou algo nela, fechando-a em seguida. Jade sorriu para Layla, com uma sobrancelha levantada, imaginando o que era aquilo que havia sido entregue a ela. Quando abriu a mão, viu um colar com um pingente de madeira. Reconheceu de imediato a peça, pois sabia que os três usavam um colar com um pingente de madeira semelhante. Analisando-o, percebeu que o que ela segurava era o último pedaço para formar o rosto de um elefante. Sorriu para Layla, com lágrimas nos olhos, e a puxou novamente para um abraço.

Quando abracei Jade, senti que a garota com medo não estava mais ali e fiquei feliz em saber que ela finalmente havia se achado naquela bagunça toda.

E seria assim.

Dylan entraria no carro. Com as duas mãos no volante, antes de dar partida, olharia para Jade e sorriria.

— Que bom que sobrevivemos a isso juntos. Que bom que encontrei você!

Jade sorriria, daria um beijo longo cheio de promessas de um amor que duraria para sempre e diria:

— De todas as infinitas vidas que poderíamos ter tido, a minha preferida é a que acabamos juntos. Eu amo você, mais do que ontem e menos do que amanhã.

Por fim, ele daria partida no carro e saberia que, em qualquer lugar que fosse, estaria em casa, com Jade.

CAPÍTULO 25
VOLTANDO À REALIDADE

— Talvez fosse assim, doutora.

Mas não foi o que aconteceu, porque Dylan se matou naquela tarde e acabou com todas as suas infinitas vidas

Esta obra foi composta em Janson Text LT Std 11 pt e
impressa em papel Pólen 80 g/m² pela gráfica Paym.